偽りの森

hanabusa kannon

花房観音

幻冬舎

目次

序章　平安神宮　5
第一章　春樹　17
第二章　美夏　88
第三章　秋乃　142
第四章　冬香　206
第五章　四季子　267
終章　紅枝垂れ　292

装丁　大久保伸子
装画　西村オコ

偽りの森

序章　平安神宮

「應天門」と書かれた額が掲げられた、目に鮮やかな朱塗りの門をくぐります。

初めてこの平安神宮の中に足を踏み入れた人たちは、その広さと東西南北を取り囲む朱色の美しさに圧倒されることでしょう。

ここを何度も訪れている私ですら、来るたびに嘆息するのですから。

朱の色は、魔除けの色だそうです。都にはびこる様々な魔から、神様を守っているのです。

もともと京都という街は桓武天皇が都を造られたときに、風水により、四方に四神《しじん》を有しているこの土地がふさわしいとして選ばれたのです。

平安神宮がある岡崎という場所は、京都から東京に遷都したのちに、この街を寂れさせてはいけないと、内国勧業博覧会が開催されるなど、様々な文化事業の中心になった場所でもあります。

今でも、平安神宮の大鳥居をくぐると、右手には京都市美術館、左手には国立近代美術館、府立図書館の豪奢な建物が並んで壮観です。桜並木を従えるように岡崎を流れる川は、琵琶湖疎水です。これも明治時代に山の向こうの琵琶湖の水を京都に流れるようにと京都府三代目知事の北垣国道のもとで大工事をしてつくられたものです。

疎水をたどっていくと、紅葉の名所として知られる南禅寺があります。南禅寺といえば湯豆腐でも有名ですが、何よりも歌舞伎の演目「楼門五三桐《さんもんごさんのきり》」で石川五右衛門が三門に上り、京都を眺める場面がありますが、あの門は南禅寺の門です。

「絶景かな、絶景かな。春の眺めは値《あたい》千金とは小せえ、小せえ。この五右衛門の目から見れば万両、はて、うららかな、眺めじゃなぁ」と京都の満開の桜を五右衛門が絶賛する場面です。まさに、今、この季節にふさわしい言葉ではありませんか。

平安神宮の大鳥居の南には親鸞聖人が得度された青蓮《しょうれん》院、浄土宗の本山で日本一の三門がある知恩院などが続いています。そこからさらに南へ行くと円山公園、高台寺、清水寺と、京都という街が誇る歴史と風情のある寺社仏閣が連なっています。

古くからのものが建ち並んでいる東山の中で、岡崎という場所は、近代になってつくられたものが存在感を示しています。

この岡崎は、近代の京都の人々の、都ではなくなったけれども、文化都市として発展してやろうという、誇り高さと底力を感じさせるのです。

京都に住む私としては見慣れた景色ではありますが――それでも、この桜の季節の賑やかさと訪れる人々の艶《あで》やかさは何度見ても、この街がかつては都であり、その後も百数十年以上、この国の文化の源として華やかさを保ち続けている凄さを思い出させる光景だと、訪れるたびに圧倒されます。

平安神宮は、明治二十八年に、桓武天皇が平安京に遷都して千百年を記念して創建されました。天皇が政治を行っていた大内裏朝堂院という建物を、当時の八分の五の大きさで再現したものです。

もちろん、今もこんなに朱色が鮮やかなのは塗り替えが行われているからです。そのおかげで、千年以上昔の様子を今この瞬間も味わうことができます。

門をくぐり正面には桓武天皇と孝明天皇を祀る本殿があります。平安京を開いた桓武天皇と、この地での最後の天皇であった孝明天皇が祭神です。明治天皇の父と言ったほうがわかりやすいかもしれません。

けれど誰が祀られているとか由来がどうであるとか、そんなことは、ここを訪れる人たちのほとんどが気にしていないのではないでしょうか。

左右には白虎楼《びゃっこ》、蒼竜楼《そうりゅう》というふたつの建物があります。白虎は西の守り神、蒼竜は東の守り神です。北の玄武《げんぶ》、南の朱雀《すざく》とあわせて四神相応《しじんそうおう》といいます。京都という街も、この大内裏も東西南北の守り神に囲まれています。

途中、二段ほどの段差を竜尾壇といいます。平安の頃は、ここから先は身分の高いものしか進むことができませんでした。

本殿の手前にある大極殿の前には、向かって右手に左近の桜、左手に右近の橘《たちばな》があります。

華やかな役職である左大臣と、堅実な役職である右大臣を表しています。

何故、右と左が逆なのかというと、これは私たちから見た左右ではなくて、建物の中にいる天皇から見た左右なのです。天皇は南を向いて政治を行うものだとされているからです。京都市の右京区、左京区の位置を思い浮かべてください。あれも天皇が南を向いて、西の方向、右手にあるのが右京区、東の方向、左手にあるのが左京区になります。

本殿にお参りして、神苑と呼ばれる、本殿を取り囲むようにつくられている四季の花が植えられた御庭に参ります。神苑の作庭は、近代日本庭園の先駆者とされている植治《うえじ》こと小川治兵衛です。池泉回遊式庭園という、池のまわりをぐるっとまわりながら眺める庭の形で、平安神宮の神苑は国の名勝にも指定されています。

普段、平安神宮にやってきても、有料の神苑まで入ることは滅多にありません。

けれど、この冬の間息をひそめていた草花が一斉に芽吹き人々を誘う季節は、ここを訪れずにはいられないのです。

私と長女の春樹以外はみな着物姿なので、足元の石や草に気をつけながら神苑に入りました。

長女の春樹は着物を着たがりません。背が高いから似合わないというのがその理由ですが、確かにスラッとして、凛々《りり》しい顔立ちの春樹は、今日、身に着けているグレーのパンツスーツのような落ち着きのある服がよく似合います。

春樹は昔から、その容貌のせいか、桃色やオレンジなどのいわゆる「女の子らしい色」の服を嫌い、最初にできた女の子だからと、可愛らしい服を着せて楽しもうとした妻の四季子の気分を損ねていました。着飾ることに関心を持たず、勉強熱心な春樹を、妻は「女の子らしくない」と心配していましたが、大学生の頃から急に大人びた美しさを醸し出すようになりました。

次女の美夏《みなつ》は普段から着物を身に着けることも多く、本人も和裁をたしなみますので妹たちの着付けもやってくれました。姉妹の中で唯一、子供がいる母親なのでとても気がききます。

四季子が母親としていたらぬところを補うように、よく動き、自分の子供だけではなく、皆の世話をやいてくれて、とても助かります。

古い言葉を使うならば、良妻賢母の鑑《かがみ》と言っていいでしょう。今日は子供たちは美夏の夫が家で面倒を見てくれているようです。小さな桜が裾に舞う青い着物が母親らしい落ち着きを漂わせています。帯留はガラス細工の桜模様で、これは四季子が若い頃に気に入ってよく身に着けていたものです。

三女の秋乃は、姉妹の中で一番、母親の四季子の容姿を受け継いでいます。顔立ちそのものは美夏も四季子によく似ていますが、秋乃の醸し出すおっとりした雰囲気は、まるで私が出会った頃の四季子と瓜ふたつです。年齢よりだいぶ若く見えるので、少女の匂いを残す赤い着物がよく似合っています。赤い地に扇が舞っている模様で、これは四季子が結婚する時につくったものです。

秋乃のことを、いつまでも子供のようだと心配する人もいるのですが、私としてはこのまま誰か守ってくれる人のもとに嫁いで変わらぬままでいて欲しいのです。

末っ子の冬香は先日まで東京に住んでいたのですが、つい一ヶ月ほど前に京都に戻ってきてくれました。うしろを歩く私を気遣い、転ばないようにと手を差し伸べてくれる、優しい子です。着慣れないであろう、大振りの八重桜が織られた若草色の着物の裾を気にしながら、私を導いてくれます。東京で暮らしていたせいでしょうか、すっかり垢抜けて大人の雰囲気を身にまとっています。秋乃と並んでいると、冬香のほうが姉に見えると皆が言います。

娘たちの着物は、全て妻の四季子のものです。

お恥ずかしい話ですが、子供たちが大きくなる頃には、家業は傾いており、日々窮している状態でしたので、新たに着物をつくってやる余裕がありませんでした。

我が家にある着物は、雪岡家が一番、豊かだった頃――妻の四季子が娘時代の頃につくられたものなのです。

両親に大切に育てられた四季子は、親元から離れて苦労をさせたくないという意向もあったのでしょうか、婿をとりました。

それが、私です。

幼い頃、なかなか言葉を発することができず、動きも鈍く手のかかる四季子に、両親はかかりきりでした。そのせいか四季子のたったひとりの姉の香代子は両親と折合いが悪く、親の反対を押し切り早くに結婚して家を出ました。そしてますます親の溺愛が四季子に注ぎ込まれたのです。

私は山を越えた滋賀県の、岐阜県と県境を接する米原《まいばら》というところで、代々地元で農業に従事している家に生まれ育ちました。

ですから私は、雪岡の家のようなもともとこの地に根付いているような京都人ではありません。滋賀県と京都というのは山を越えればすぐですが、住んでいる人間の意識としては全くかけ離れているのです。

私はそこそこ成績が良かったもので奨学金をもらい京都の大学に入学しました。公務員になりたかったのですが試験に落ちて、和装小物を商っている会社に入り、直営の店舗で働きはじめました。家は兄が既に継いでいたので、京都に残ることができたのです。

私の会社は結婚式場とも取引がありまして、そこに勤めていたのが既に嫁いで家を離れていた四季子の姉である香代子でした。客商売をしていて腰が低く取引先の覚えもいいということで、香代子の両親の耳に入ったのでしょうか。そこから私の店の主人にも話がいき、会うことになり、周囲の強いすすめで結婚しました。

昭和の世の中とはいえ、何かと昔からのつながりが五月蝿《うるさ》い京都という街の、有名な料亭の娘である四季子と、田舎の農家の息子である私の結婚には、親戚の中からは反対する声もあったそうです。

けれど、欲もなく、平穏な暮らしを望む私を、四季子の両親は気に入ったようで、老舗《しにせ》料亭「賀茂の家」を継ぐことを条件に婿入りが決まりました。次男坊であることと、京都ではそこそこ名前のある私立の大学を卒業していること、客商売をしていることなども婿としての条件にふさわしかったようです。

なまじ事業欲があったり、女遊びをしたり――そういう我の強い男より、私のような平々凡々な、高望みをしなさそうな男のほうが、家と家族を守ってくれるだろうと思われたのでしょうか。あとで知ったことですが、長女の香代子が親の反対を押し切り家を出たので、四季子には、家柄よりも何としてでも家を守ってくれそうな堅実で真面目な男をと望み、私がそのおめがねにかなったようです。

ええ、あの、日本中が好景気に沸いた時代がそのまま続いていたならば、私のような現状を守ることにだけ能力を費やす男でも店を守れたのでしょうが、そうではありませんでした。

私と四季子が結婚した頃からは想像もできぬほど、この国は近年、まっさかさまに不況に突入しています。

多くの人が世界中から訪れ、時が止まったかのように華やかな都の雅さを今に残す京都ですら、例外ではありません。

高級料亭など、利用する人は減りました。安くて美味しい店が、いくらでもあるからです。

そこで何か策を練ればよかったのでしょうけれど——私は、家や店を守る努力はしたのですが、それだけでは足りなかったのです。守るだけでは生きてはいけない、攻めることもしなければと気がついた時には遅く、また私にはその才覚もありませんでした。

みるみるうちに、「賀茂の家」は赤字を出し続けてどうにもならない状態になり——手放すことになりました。

私は家庭は守ることはできたかもしれませんが、この不況に対抗するほど商売上手ではなかったのです。接客はできても、商売人にはなれなかったのです。

幸いにも、そのまま買い取ってくださる方が現れて、店の名前は変わりましたが、和風のレストランとして建物は残されています。

私たちの手を離れた店は、今は京風フレンチが食べられる店として情報誌などでとりあげられて、繁盛している様子です。新社長は私には思いもつかないような斬新なアイデアを実践して人気店になりました。ですから、早いところ手放して正解だったのです。

先頭を歩く四季子は、勝手知ったる道とばかりに神苑をすすんでいきます。

小柄な四季子は、うしろから見ると、まるで母親ではなく、一番下の妹、そして少女のようです。

実際の年齢より随分若く見え、四十歳を過ぎた頃から「年をとらない」と言われるようになりました。年齢相応に老け込んだ私とは夫婦に見えないと言われたこともあります。

こうして楽しそうに神苑を歩く四季子を見ていると、とても、病魔に侵されているようには見えません。

「賀茂の家」の開業は、この平安神宮がつくられたのと同じ年だということで、毎年、家族がこうして春になるとお参りに来ることが雪岡の家の慣例なのです。

十数年前に「賀茂の家」を手放しはしたものの、できるだけ、こうして参拝しようとは心がけていました。

平安神宮の神苑には、見事な枝垂れ桜があります。

あの谷崎潤一郎の『細雪』に描かれた枝垂れ桜です。

谷崎潤一郎は、一時期、京都の下鴨の屋敷に妻や妻の妹たちと住んでいたことがあり、そこで源氏物語を訳したり、あの名作『鍵』を執筆したそうです。谷崎は晩年は京都の寒さに耐えかねて熱海に居を移しましたが、墓は哲学の道の法然院にありますから、よほど京都という街を愛していたのでしょう。

その谷崎が愛して描いたのが、この枝垂れ桜です。

私も四季子も、ソメイヨシノよりも、女の髪の毛のように撓《しな》った枝垂れ桜が好きなのです。ソメイヨシノが制服を身に着けた初々しい少女ならば、枝垂れ桜は着物をまとった成熟しかけた大人の女のようではありませんか。

四季子が枝垂れ桜を目指してまっすぐにすすんでいき、娘たちがそれに従っています。

「今年も、綺麗やね」

枝垂れ桜の笠の下に立ち、花の空を見上げた四季子が発したその言葉は、これが最後の花見だということを察していたからなのでしょうか。

いいえ、四季子はそんな女ではありませんでした。

好きなものを好きといい、嫌いなものを嫌いという、正直で、まっすぐで、純粋で——だからこそ、あの家で、守ってやらなければいけない、あの家でしか生きられない女でした。京都という古い街のあの家でしか。

四季子はたとえ自分の中の病魔の存在を告げられたとしても、普段どおりにしていました。

自分がまさか、死ぬはずなどない、来年も、再来年も、この桜を観ることができると信じていた――そんな女です。

何が起きても、自分自身を取り巻く状況が変わるわけがないと信じていました。

だから「賀茂の家」の経営が傾き、実際に手放さなければならない状況になっても、四季子は全く動じた様子を見せませんでした。

たとえ他人の手に渡っても、「賀茂の家」は自分の店だと疑わないかのように。

京都の女は、そんな女が多いです。

ゆるがないものを胸に抱いている女が。

それは強さなのでしょうか。それとも実は、抗《あらが》えぬものを見て見ぬふりをして、自分を守ろうとする弱さなのでしょうか。あるいはプライドが高く、頑ななだけなのか。

京都の女の正体は、未だに私にはわかりません。

「写真を、撮ろうか」

私は娘たちに声をかけました。

四人の娘の真ん中に四季子が入ります。

道行く人たちが見惚《みと》れているのは、枝垂れ桜だけではなく、この艶やかな母娘の姿であることは、私のひいき目ではありません。

それほどに、枝垂れ桜の下の彼女たちは、艶やかで美しくて――まもなく見事に散ってしまう桜のように儚く思えたのは、単なる「予感」だったのでしょうか。

「お父さんも、一緒に写ろう」

冬香がそう言って、手招きします。

美夏が道ゆく人に声をかけて、シャッターを押してくれるよう頼んでくれました。

四季子と並んで私は娘たちに挟まれて、桜の下で精一杯の笑顔をつくりました。

人々は、なんて幸せそうで仲の良い家族だと、羨望混じりの視線を私たちに投げかけてきました。

その時の写真が、家族全員で写った、最後の写真となりました。

第一章　春樹

痛みは快楽の香辛料だということを、どこまで自覚しているのだろうか。

自分の上で若さを見せつけようとばかりに小刻みに腰を動かすこの男は。

初めて寝た時、果てた後に「旦那さんに悪いよ」という言葉を三度も口に出し、そのくせ三日もしないうちにまた会おうと自分を誘ってきたこの男は、罪悪感や背徳感という痛みを伴う関係にとり込まれていることを、どこまでわかっていながら私を抱いているのだろうか。

春樹は薄目を開けて男の顔を眺めながら、見えるはずのない男の心のうちを探ろうとする。

本当は、わかっている。この男は、そんなに賢くない。

欲求不満の年上の人妻が自分と寝たがっているから、応えている、それだけだ。

やりたがってる女がいて、後腐れがなさそうだから、自分の欲望の白い液体を流し込んでいるだけだ。

それでいい。セックスに理由や理屈をつけるのは、女だけで十分だ。あれこれ考えてセックスする男なんて、女以上にめんどくさい。男は女に応えるだけでいい。女の道具になってくればいい。

男は何も知らずとも、私はとっくの昔にその味を覚えている。痛みという香辛料に味付けされた関係の美味さも、そのことがもたらす危険も。

だから何度もそこから逃れようと、してきたはずなのに。

その甘美な毒を振り払うことができず、いつも快楽に巻き込まれ、自分の意志の弱さを思い知るばかりだ。

寝たあとにこみあげる胸が締めつけられる種類の感情に苛《さいな》まれるたびに、こんなことやめようと誓うのに。

まるで私は、自分を切り刻むためにセックスをしているかのようだ。

男の息が荒くなる。身体の芯からひりだされる自分の声も獣のように激しくなっている。

「もう……出そうだ……」

男が春樹の耳元で、今にも死にそうな声を出した。

「……大丈夫だから……中に……」

興をそがないように、細い声で春樹は男に意思を伝えた。

わかったという言葉の代わりに、男は腰を打ちつけるように激しく動かし、行為の終結を告げる雄叫びをあげた。

いる。

「旦那さんに、悪いな」

男はまた、口にした。けれどその言葉が当初より、心を伴っていないことに春樹は気づいている。

その言葉を発することにより、己の罪悪感を軽くしようとしているにすぎないことも。

「お互い様やん。私かて、金子くんの彼女、会ったことあるんやから」

もともとが大きな目を、睫毛や化粧のデコレーションで二倍ほどにした自分より十歳以上若い女の顔を春樹は思い出そうとする。

美人だった、はずだ。

けれど、今どきの娘の化粧というのは誰もがよく似ていて、はっきりとは思い出せない。目が大きかったということと、にっと笑った時に歯茎が見えたことと、剝き出しにした歯に口紅がついていて、汚らしく感じたことぐらいしか印象にない。

今どきの美人の基準は目が大きいことなのだろうか。だから皆、目に過剰な化粧を施すのか。けれど所詮、化粧など飾りにすぎず、自分の母のような、大きいというよりは黒目がちな丸い目と、伏せた時に影をつくるほどの長いまっすぐな睫毛、憂いを感じさせる涙袋——生まれながらの「印象的な瞳」には敵わない。

金子の彼女のような女が必死に目を飾りつけても、自分の母の前に出たら、その違いは一目瞭然だ。

私はその母のような瞳を全く受け継がず、切れ長の狐のような目を持って生まれてきてしまった。

大きな瞳が美人の基準ならば、自分は全くもってそこから外れている。

それでも若い頃は、金子の彼女のように目に過剰な化粧をほどこしてみようとしたこともあったのだが、母に追いつこうと必死なように思えて、馬鹿らしくてやめてしまった。

どう努力したって、母のような顔にはなれないのだから。

それに、春樹と寝た男たちが、この切れ長の目が色っぽいと賞賛してくれるおかげで、この年になると多少、コンプレックスは薄らいでいる。結局のところ自分が男と寝るのは、こうした内面の欠如を他人によって補おうとしているからかもしれない。

金子の彼女と会ったのは職場の飲み会の二次会だった。近くで飲んでいるからと、店に訪れた。

「すいません、お邪魔しちゃって」と謙虚さを装いながら、誰もが自分の来訪を歓迎していると確信を持っているような態度だったが、男たちは媚びるのが上手い若い女にまんまとはめられていた。堅い職場だからこそ、そこにそぐわない女が男たちは好きだった。

当時は、金子とはこんな関係になっていなかったから、春樹も皆と口をそろえて、可愛い彼女ねと愛想を言ってみたりもした。若い娘の容姿をほめることで余裕を見せようとするのは本心ではなくて、他人にどう見られるかを気にしてのことだ。

金子は四十歳の春樹より八つ下の三十二歳だ。その恋人は二十九歳で、春樹の一番下の妹の冬香と同い年か。

冬香なら、どう思うだろう。自分の恋人が、自分より十歳以上も上の女とこっそり寝ていると知ったら。しかも、夫のいる女だ。

姉妹がいると、出会う女たちの年齢を知った時、どうしても妹たちを反映させてしまう。女は自分の男に浮気された時に、相手が若い女ならば、「やはり男は若い女が好きなのか」と、自分よりも年上ならば「年上の手練手管にひっかかった」とそれぞれに理由をこしらえ、自分の心を守る。

けれど本当は年齢なんて関係ないことは、この年になるとわかる。

少なくとも、自分にとって、快楽を得るための男を選択する時に無意識に働いているのは、罪悪感や背徳感などの、痛みだ。

「あいつ、勝手に自分の親に俺を会わせようなんて画策しやがってさ、この前、大げんかだよ。俺はまだ結婚したくないって言ってるのに、じゃあ私のこと嫌いなのとか、そういう問題じゃないんだよな」

金子と恋人は三年の交際になるという。恋人は今すぐにでも結婚したがっているのに金子はのらりくらりと逃げている。

どうして結婚したくないのかと問うと、

「責任を伴うことが、怖いんだよ」

と、自嘲気味な笑いをみせられた。

自信のなさを取り繕うために強がってみせる男にありがちな、あまり愉快ではない表情だった。

金子の無責任さは仕事ぶりを見ていてもわかる。

金子は春樹の勤める財団法人の同僚だ。春樹のほうが年上だが、勤続年数は金子のほうが長い。

十五人ほどの職員で、トップは天下りの老人なので、のんびりとした退屈な職場だった。

それでも何か企画を持って自ら動こうとしている人間はいる。春樹もそのタイプだったが、金子は目の前にある仕事をこなせばそれでいいという主義のようだった。

春樹からしたら、覇気がないようにも見えるのだが、自分と正反対であるせいか警戒心がなく、最初から話しやすかった。

京都大学卒で上級公務員だったエリートの春樹を、最初から恐れや警戒心を浮かべた目で見る男は多い。

背が高く、細身の身体に張りついた質の良いスーツを着て、金子に言わせると「いかにもエリートの女っぽく隙がない、しかもそこそこ美人」な自分は、最初から遠巻きに見られていたように思えたのは気のせいではない。

役所勤めから財団法人へ転職した理由は、職場の人間たちにも知れ渡っているようだった。

金子と親しくなってから、「狭い業界だからね」と、哀れみをこめて言われた。

本当に狭い世界だ、この京都という街は。

自分のように生まれてこの方京都から離れたことのない人間ですら、それを痛感する。

職場で上司と不倫して、略奪結婚した。

春樹は、生まれてはじめて、「恋の勝者」になったのだが、その代償として役所という職場を追われた。

特に辞めろと言われたわけではないのだが、学生時代からの妻と子供ふたりの「父親」を奪った女への風当たりは強かった。

何よりも夫となった男がやりにくいだろうと、退職を決意して、異動も断った。

春樹は妻のいる男、他に女のいる男とばかり恋愛して、気づけば独身のまま四十路に入ろうとしていた。自分は一生、このままなのかと諦めかけていたところ、突然男が「妻と別れるから一緒になろう」と言いだし、その波に乗って、初めて「妻」という立場になることができた。

お日様の下で堂々と手をつないで歩ける関係をようやく手に入れることができたのに。

なのに、どうして、私は。

春樹は目の前の、裸の腰にタオルを置いたまま煙草を吸う金子の姿を眺める。

匂いが移ってしまうから、実家に寄る前に、服に煙草の匂い消しを振りかけなければいけない。妹たちに気づかれてはいけない。特に、次女の美夏には。

良妻賢母の鑑のような美夏に、夫のいる女が若い男と寝ているなんて知られたら、軽蔑どころじゃすまされない。

呆れられても、怒られても、軽蔑されても、痛みという香辛料がないと、私は快楽を得ることができないのか。

やっと妻という立場になれたのに、夫以外の男とこうして寝てしまう自分は、死ねば地獄に落ちるだろう。

でも、もう、落ちてもいい。

そんな気分にもなっていた。

繰り返し繰り返し、人からうしろ指をさされる関係に足を踏み入れてしまう自分は、ある種の病気なのか。結婚して妻となれば満たされ幸福になれると期待していたのに、そうはならなかった。

京都の有名料亭のお嬢さん、京都大学を卒業して上級公務員になったエリートの女。人が羨むものをたくさん持っているはずなのに、私はどうしても、非難される関係でしか快楽を得ることができない。

四十を過ぎた、いい大人のくせして、いつまでたっても親にかまってもらうためにわざと悪さをする子供みたいだ。

ここまできたら、治らないような気がする。何をどうしたって、私の欠損は埋められないまま死ぬのだろう。

それならば、もう地獄に落ちることを覚悟するしかない。

胸の痛みを伴わないと快楽を得られないような女は、天国より地獄のほうがお似合いだ。

春樹は妹たちの顔を思い浮かべた。

あの娘たちは、きっとこんな痛みなど、知らないだろう。

幸せな、妹たちは。

大きな家で、のうのうと暮らす、「お嬢さん」たちは。

夫にメールを打つ。

「いったん、実家に寄ってから帰ります。先に寝ていてください」

敬語になってしまうのは、夫が元上司だからか。あるいは、うしろめたさがそうさせるのか。

春樹は、返事を待たずに音を消し、現実を切り離すように鞄の奥底に携帯電話を仕舞い込む。

繁華街に近い三条木屋町のホテルを出て金子と別れた。週末だからか、路地にも若者が溢れている。鴨川にかかる三条大橋のたもとでも集団で何やら騒いでいる若者たちがいる。

ああ、そうか、そんな時期か。

京都は大学が多いので学生が多い。四月の後半、ちょうど新学期がはじまって数週間がたち、新歓コンパなどで学生生活を謳歌《おうか》しはじめている頃だ。鴨川や木屋町《きやまち》沿いの桜はほとんど散りかけて春という季節は終わったような気がしていたのだが、若者たちにとっては出会いを手にして希望を持ち、一年の中でもっとも気持ちが浮きたつ時期なのかもしれない。

楽しげに集団で騒ぐ学生を見るたびに、春樹は残酷な気持ちになる。

世の中が自分の思いどおりにならないことをあなたたちはこれから身をもって知ることになるのだよと言ってやりたくなる。

春樹の通った大学には成績がトップクラスで挫折など知らぬ希望と夢を抱いた若者たちが全

国から集まっていたけれども、学校の勉強ができたぐらいで全てが上手くいくわけがないのだということを知り、挫折した者も少なくない。

エリートの脆さというのは散々目の当たりにしてきた。けれど、人のことを非難できる立場ではない。

春樹自身だっていい大学に入り、誰もが羨む職場に入ったはずなのに。

四十歳を過ぎて夫のいる身で、若い男と安物のラブホテルで声をあげているなんて、若い頃には想像もつかなかった。結婚して子供を産んで立派に仕事もして、誰からも後ろ指をさされない大人になっているはずだったのに、現実はこのざまだ。

三条大橋のたもとの枝垂れ桜はまだ花が残っていた。ここは東海道の終着点なので、いつからか「東海道中膝栗毛」の弥次さん喜多さんの像ができている。酔っ払った若者たちが、春の名残りの枝垂れ桜を笠に座り込んでいる。

春なんて、さっさと終わってしまえばいい。

自分の名前にもついている「春」という季節は好きではない。華やかで希望に満ち溢れていて、大勢の人が桜を観に訪れる春という季節は、一年で一番嫌いな季節だ。

花粉症であることも理由のひとつだが、この季節に漂う浮かれた雰囲気が苦手だ。

春の樹といえば、人は桜を連想する。華やかで柔らかい桃色の花を。

自分に最も似合わない花だ。昔からピンク色の服や持ち物が苦手で、母親が買いそろえた着物も嫌がり、母に「どうして春ちゃんは女の子らしい色が嫌いなんやろ」と不思議がられていた。

　母や妹たちと違い、華やかな女らしさ、愛らしさを自分は生まれながらにして持つことができなかった。だから好きではないのだ、春が。

　恋愛だってそうだ。太陽の下で手をつなぐことができない、まさに「日陰」ばかりにいた自分には、春よりは厳しい寒さの冬や、枯れた葉が舞う秋のほうこそふさわしい。

　春樹は三条大橋の上でタクシーに乗り込み下鴨神社までと告げた。

　タクシーの後部座席で脚を組むと、付け根に、金子の感触の名残りを感じた。性器の大きさは、夫とそう変わらない。けれど、若いだけあって張りが違う。

　自分の粘膜と寸分の隙もなく大きくなった性器の摩擦からもたらされる痺れが蘇ると、両足に力を入れて、快感を思い出さずにはいられない。

　タクシーの運転手が無口な男でよかった。考え事をしているふりをして、情事の残骸を味わうことができる。

　ピルを飲んでいるおかげで、中で射精の感覚を味わえる。それだけでも、毎日決まった時間に避妊薬を口にしなければいけない面倒さと、そのためだけの婦人科通いも、甲斐があるというべきか。

　性病のことなど考えると、たとえ経口避妊薬を口にしてもコンドームをつけるべきだということぐらいはわかっているのだが、どうしても直に生暖かい液体の放出の感触を味わう感覚を優先させてしまうのだ。

自分は、本当に、だらしない、駄目な女だという自覚はある。性病予防より快楽を選ぶくせに夫以外の男と寝るなんて。

ピルを飲んでいるのは、金子と生で交わるためではなくて、夫との間で「子供をつくらない」取り決めがあるからだ。前妻との間の子供たちへのせめてもの気遣いらしい。

夫の義郎は春樹より九つ上の四十九歳で、小学生の息子と中学生の娘がいる。

春樹は前妻にも子供たちにも会ったことがない。写真でちらりと見たことがあるぐらいだ。それも自分のほうからせがんだのだ。見て、良い気分がしないのはわかっているのに、頼まずにはいられなかった。

自分がこの子たちの父親を奪っているのだという罪悪感で胸が軋んだが、だからといって関係をやめようなんて全く思えなかった。

もともと四十歳を過ぎると、子供を産めないことはなくても育てることは大変だろうし、積極的に子供が欲しいとは考えてもいなかったので、条件を呑むことはたやすかった。

けれど、夫の子供たちへの気遣いのために続けている経口避妊薬が、今、こうして、他の男と寝た時の快楽を味わう香辛料にもなっているなんて皮肉な話だ。

ごめんね、と謝るべきなのだろうか。

でも、誰に対して。

夫に申し訳ないと、本気で自分は思っているのか、わからない。

鴨川添いをタクシーは北に走る。ふと外を見ると河原の人も途切れ、闇の中に川が流れている。

今出川通から賀茂川と高野川というふたつの川の合流地点を過ぎると、その三角州に深い原生林の森が広がっている。

「どの辺ですか」

タクシーの運転手が声をかけてきた。

「御蔭橋を曲がってもらって、下鴨神社の鳥居の前でいいです」

高野川にかかる橋を曲がると、すぐにタクシーは止まる。

春樹の目の前には朱の鳥居と、その奥へ続く鬱蒼とした森が広がっている。森を引き裂くように真ん中に延びた参道の先は、夜は真っ暗で出口のないトンネルのようだ。

闇に人を導くトンネルの砂利道は入口の街灯の光を帯びて、それがまた奥の闇を深くしている。

車の音も、人の声もしない。学生たちが浮かれて騒いでいたさきほどまでの繁華街の喧噪が嘘のように、ここには音がなく、春の気配もしない。

昼間ならば、ちらほらと枝垂れ桜の名残りも見かけるのだが、夜は桜も闇に紛れている。

糺《ただす》の森、という。

偽りを糺の森。

昔は、恋人をここへ連れてきて、愛を誓わせたという。嘘偽りのない、本当の愛を。

そんな場所に今、家庭裁判所があるのは皮肉としか言いようがない。下手をしたら春樹の夫も世話になるところだった、家庭裁判所が。

糺の森に囲まれるように、この京都が都になる前から鎮座する下鴨神社がある。世界遺産にもなっている下鴨神社は、小さい頃からの遊び場だった。

春樹は鳥居を右手に眺めながら、森に沿うように北に延びる細い道を歩く。まっすぐの竹が連なる塀が途切れたところに、茅葺《かやぶ》きの門があり「雪岡」と書かれた木の表札が掲げてある。門をくぐると石の小道になっており、両脇には祖父が韓国で買ってきたらしい人形が門番のように対になって置かれている。祖父によると家の守り神であるらしく、武器のような棒を持っている。

砂利道の正面の二階建ての日本家屋が母屋で、庭を挟んで、妹一家の住む離れがある。離れだけは近年増築したものなので、ごくごく普通の灰色の壁の平坦な屋根の家で、この家の中で浮いてもいるし興もそぐ。

母屋の屋根瓦には、京都の家によくある魔除けの髭面の鍾馗《しょうき》様がいる。母屋の玄関にも茅葺きの門があり仰々しい。

誰がどう見ても、立派な家だと口にするだろう。

子供の頃は、よその家に行くと狭くて驚いたものだけれども、今どきこんな、古いがしっかりとした門構えの家のほうが珍しいのだ。

今、自分が住んでいる二ＬＤＫのマンションだって賃貸だが、値段もそこそこするし、十二畳のリビングはふたりでは十分な広さであるはずなのに、どうも落ち着かないのは、この広くて立派な家で育ったせいだ。

母屋と離れの間の庭には池があるが、水は張っていない。昔は鯉を飼っていたらしいのだが、水を循環させる費用がかかるのと、虫が増えたために、父の代になり水を抜いた。

池の脇には石灯籠と、これも祖父がどこか外国から買ってきたらしい大理石の椅子がふたつ並んでいる。ただの飾りにすぎないけれども、それでも重厚さを醸し出している。

今はもう取り壊されているが、昔は茶室まであったらしい。

家の敷地は垣根で囲まれており、庭から母屋のほうを見ると、糺の森が借景になっている。平安神宮とは規模が違うが、池泉回遊式という池のまわりを取り囲むように整えられた庭は、当時の有名な庭師の作品だと聞いている。

この家を建てたのは祖父だ。下鴨の土地を念願叶って買い取り、趣味と贅を尽くした家をつくりあげた。今もだが当時も、下鴨に邸宅を持つということはステイタスだったのだろう。

子供の頃も、学生時代も、友人を家に連れてくると皆に驚かれた。

ものすごいお嬢さんなんだね、と自分を見る目が変わった。

当時は確かにそう呼ばれることに優越感を持っていたが、今となっては、分不相応な家にしかすぎないから、人なんて呼べない。

この家を見た人たちは、まさかここに住む人間がこんなに財産を持たないなんて、思わないだろう。

偽りを糺の森の傍にあるこの家は、偽りの家なのだ。

雪岡の家は、店も手放し財産もほとんど残されず、本来はこんなところに住むべきではない。自分たちはとっくの昔に「お嬢さん」という立場ではなくなっているのだから。

偽りの家の中で、誰よりも偽りで虚飾されているのは自分だと、春樹は思っていた。

老舗料亭の娘、京大卒の才媛、化粧と自己演出によりつくりあげられただけの美人という評価。何もかも、嘘っぱちだ。

自分は、上っ面を取り繕うことだけに必死になっているだけで、そのくせ人の男と寝たがるろくでもない下半身のだらしのない女にすぎない。生の感触を味わいたいからと避妊具をつけたがらないような、安全より快楽を優先する女だ。

夫を裏切っている自分の嘘偽りなんて、糺の森はとっくに見抜いているだろう。下鴨神社の神様も。

偽りだらけの自分は、この偽りの家がお似合いだ。だから居心地が良くて、こうしてすぐに帰ってきてしまうのか。

春樹は鞄から鍵を取り出し、玄関の鍵穴に差し込んだ。

雪岡家は曽祖父の時代から下鴨の地で料亭を営んでいた。

「賀茂の家」という名の料亭は雪岡の家から徒歩五分もかからない、糺の森の傍にあり、高野川とその向こうにそびえる東山のなだらかな山並みを眺めながら食事をすることができる。ちょうど八月十六日に点される「五山の送り火」の東の「大」の字が正面にあることで、眺望が最高だと、政治家や文化人の間で人気があった。

祖父の時代には皇室の方々の京都での晩さん会に料理を出したことにより、京都の料亭の代名詞のように言われていた時期もあった。

春樹が子供の頃も、テレビで観たことのある俳優や政治家などが、たびたび「賀茂の家」を訪れて話題になっていたし、その人たちに招かれてパーティのような場所にも行ったことがある。

雪岡の家が料亭を手放したのは、春樹が大学を卒業して役所勤めをはじめてまもなくのことだった。

いつかそうなると予想はしていたのだが、世間で少しニュースになったことに驚いた。地元の新聞では結構な記事にもなった。

会う人ごとに「残念だ」と同情の声を寄せられたり、有名作家が賀茂の家の想い出を新聞に寄稿したものが話題になった。最後の日には、皇室ゆかりの人から閉店を惜しむ電報まで届いて、あらためて「賀茂の家」の名前の大きさにおどろいたものだった。

けれど、来るべくして訪れた破たんだということは身近な人間なら誰でもわかっていた。子供心にも、自分の両親は商売に向いている人たちではないと感じていた。

おっとりと言えば聞こえはいいが、大人として必要な知恵がない、いつまでたってもお嬢さんのままの幼い母親と、人がいいだけが取り柄の温厚な父親は、さぞかし従業員たちにとっても頼りなくもどかしい存在だったはずだ。

あのまま、両親が料亭に執着することなく手放して正解だったのだ。売ることが遅れたら、今頃とっくに家を手離さなければいけないほどの負債を抱えていたことだろう。

もっとも祖父が生きていたなら、「賀茂の家」を手放すなんて絶対に許さなかったはずだ。母の姉である伯母の香代子は反対していたけれど、もともと家を飛び出て妹に継がせたという引け目があるせいか、強くは言えなかったようだ。

どっちみち、よかったのだ。あのままでいたら、赤字だらけの店を、自分たちの姉妹の誰かが継がされたかもしれなかったのだから。

そんなことはごめんだ。家に縛られる人生なんてまっぴらだ。

子供の頃は、親戚や店の常連客からは、当たり前のように「春樹ちゃんが将来、お婿さんをとってここを継ぐのね」と言われていた。

料亭の娘ではあっても料理にも経営にも興味はなかったので、はなからその気はなかった。

小学校から私立に入学し、女子中、女子高とエスカレーター式にのぼった。大学は一浪して、京都大学の法学部に入学した。

伯母や常連客などからは、褒められるどころか、「あんまりええ大学出たら、縁が遠のくで」などとさんざん嫌味を言われ、うんざりした。

春樹が京大の法学部に入り公務員を目指すことを公言することで、家を継がない意思を示したことが、周りにも察せられたらしい。

自分ではなく、妹の誰かが婿をもらって家を継げばいい。

母親に似ている妹たちが。

子供の頃から、ことあるごとに「春樹ちゃんは男の子みたいやなぁ。お母さんに似てへんなぁ」と言われ続けた。

いつまでたっても「お嬢さん」のままの、目の大きな丸い顔の、お人形さんみたいに色が白く可愛らしい、おっとりした母親と、あなたは全然違うね、と。

母親に似ていない自分は、色も黒く、面長で眼も切れ長の一重で、小さい頃は「春樹」という名前もあり、男の子に間違えられることが多かった。

今は化粧を覚え、「美人」と言われることもあるが、母親似の妹と並ぶと、華のなさは一目瞭然だった。

次女の美夏と三女の秋乃は、母親によく似ている。どちらかというと、秋乃のほうがそっくりではある。四女の冬香は、うっすら母親の面影が残る程度だが、だからといって他の誰かに似ているわけではない。

母親に似ていないと言われるたびに、可愛くない、女の子らしくない、と言われているような気がした。

「お母さんに似てへんなぁ」という言葉は、明らかに残念だねという響きを含んでいた。

その言葉をたびたび浴びせられた長女に劣等感が芽生えないはずはない。

女として可愛がられ愛される生き方など自分はできないだろうという刷り込みは、未だに残っている。だからこそ必死に勉強を頑張って京都大学に入り、上級公務員の職に就いたのだ。

家を継ぎたくないからこそ、誰からも「辞めたらもったいない」と言われる、社会的な地位を得られる職に就きたかった。女としては妹たちに勝てないから、せめて人の羨む立場になろうと頑張ったのだ。

長女だから婿をとって家を継ぎ、あの料亭を継ぐなんてごめんだという思いが、春樹を奮起させた。

けれど、その「誰もが羨む社会的地位」も、妻子ある男と恋に落ちて、相手の家庭を崩壊させることにより、一瞬にして失ってしまうこととなった。

春樹の初体験は大学生の時で、相手は既婚者の大学講師だった。それも、早く処女を喪失したい、女になれば何か変わるんじゃないだろうかという無意味な衝動にかられたにすぎず、愛や恋などではなかった。

それから何度か恋愛じみたことを繰り返したけれど、いつも相手は、年上であり、他に恋人や妻がいる男ばかりだ。

意識してそういう男を選んでいるつもりはなかったのに、自分から好きになるのも、相手から言い寄ってくるのもそういう男ばかりだった。

そんな面倒なことを背負っている恋愛も体力がある若い頃はいいが、三十代半ばを過ぎた頃からうんざりして何度もやめようとしたのだ。

そのくせやはり、当時上司であった義郎とつきあいはじめてしまった。転勤してきて職場に慣れない義郎がミスを犯した時にフォローをして、その御礼にと飲みに誘われた時に春樹のほうから誘って関係がはじまった。

いつものごとく「愛人」で終わるかと思っていたのに、思いがけず妻と別れるからと言われて、最初に感じたのは戸惑いだった。

けれど、義郎の勢いに流されるままに、離婚、結婚という出来事が自分の身におきて、勢いに抗う術もなかった。

両親は春樹の結婚を喜んでくれたが、美夏からは不倫略奪という形に抵抗感があると、はっきり言われた。

「お姉ちゃんには幸せになって欲しいけれど、おめでとうって言えへん、だって奥さんと子供が可哀想やもん」

そういう美夏の目には「家庭を壊した女」に対する憎しみが込められていた。これが「妻」の目なのだと思うと春樹は謝るしかできなかった。

「お姉ちゃんは勝手なことばっかりしてる。人を傷つけてもいい自由なんて、あらへんで。人の家庭を壊したら、一生その罪を背負ってつぐなわなあかんねんで。なんでお姉ちゃんみたいな賢い人が、そんなことがわからへんのか不思議やわ」

美夏に責められても返す言葉がなかった。ただ、妹に軽蔑されているという事実に傷ついた。

美夏は、多分、正しい。真面目な夫と子供と幸福な家庭を築いているだけではなく、姉の自分や妹たちのいたらぬところまで世話をやいてくれている美夏は正しい。

間違っているのは、自分だ。

長女の自分が好き勝手してほったらかしにしている家が維持されているのも美夏のおかげだ。美夏は自分と違い、この雪岡の家にいなくてはならない存在だ。

春樹は結婚を機に下鴨の家を出て、丸太町にマンションを借りて夫となった義郎と住みはじめた。

それから一年ほどして、母は亡くなった。癌で、発見された時にはもう長くはないと告げられていたのだ。

両親が料亭を手放して、雪岡家に残されたのはこの下鴨の大きな家だけだ。料亭を売った金は、それまでの赤字の補填で全て消えてしまった。立派なこの家は、空っぽだ。財産など、ほとんど残っていない。

父も母も「いい人」だと、皆が口をそろえて言う。

善人は商売には、向いていないのだ。

下鴨の家には、次女の美夏夫婦とふたりの子供たちが離れに住んでいる。母屋には家から一度もよそに出たことのない三女の秋乃と、二年ほど前、東京から帰ってきた末っ子の冬香が住んでいる。ちょうど春樹が結婚して家を出たのと同じような時期に冬香が帰ってきたのだ。

結婚して長く住んだ家を離れた時は、何か大きな、自分にまとわりつくものから逃れられたような解放感があった。

失われてしまいはしたけれど、京都の人たちの心の中にはいつまでも残るだろう老舗料亭「賀茂の家」の長女という立場ではなくなったのだ、と。雪岡の四姉妹のうち、優秀だけど母親に似ていない娘と呼ばれることももうないのだ、と。

けれど、結局、こうしてしょっちゅう実家に戻ってきているのは、夫とふたりで暮らすあのマンションの空間が、馴染まないからだろうか。

「お姉ちゃん、お帰り」

玄関に入ると、パジャマ姿の秋乃が姿を現した。

「ただいま」

化粧気のない秋乃の顔を見ると、笑みがこぼれてきた。三十歳を過ぎても変わらぬ幼いこの妹は、素顔だと子供のようだ。秋乃の変わらなさは春樹を安心させる。

いらっしゃいませじゃなくて、お帰りと自然に言葉に出す妹と、ただいまと答える自分。やはり私の家はここなのだと、春樹は思う。

手放しで家族が好き、家が好きと言えない程度の葛藤はある。

けれど、やはり、この家が一番居心地がいい。

女子高時代に志望校を選択する時も、受験したのは京都大学、同志社大学の二校だけだった。教師にはもっといくつか滑り止めを受けたほうがいいのではと言われたけれど、京都から出るなんて考えられなかった。結局一年目はどちらも落ちてしまったけれど、浪人して京大に滑り込んだ。

「美夏ちゃんもいはるよ」

秋乃が春樹に声をかける。

十畳の広さの居間に行くと、部屋着を着た次女の美夏と末っ子の冬香が座椅子にもたれ、テレビを観ていた。

居間には書の描かれた額が掲げられており、違い棚には美夏がいつも季節の花をさりげなく活けてくれている。

天井は低いが圧迫感がないのは、庭に面した側がガラスになっているからだ。

足裏にやわらかい畳が敷きつめられており、十人はくつろげそうな光沢を持つ木のテーブルは「賀茂の家」を愛用した政治家から贈られたものだ。

縁側からはガラス越しに庭を眺めることができる。昔は庭にも季節の花が色とりどり植えられており、庭師も出はいりしていたそうだが、今はさすがにそんな余裕がないので、美夏が雑草で見栄えが悪くならないように手入れすることが精いっぱいだった。

「お姉ちゃん、お帰り」

離れに家族で住んでいる美夏も、よくひとりで母屋のほうに来ている。

結婚当初、美夏とは気まずい時期もあったが、「まあお姉ちゃんが落ち着いたんやったらそれもいいんかもな」と折れたような形で仲直りをした。

美夏は子供たちが小学校に入り手がかからなくなったからと、離れよりもこちらでくつろぐことが増えた。

「子供らは、もう寝たん？」

「うん、ふたりともぐっすりや」

テレビでは最近、生まれ育った京都に戻ってきたという女優が京都の錦市場を歩いている内容の番組が映し出されていた。

「ほら、錦が出てんねん」

「しばらくあそこの店のだし巻き食べてへんなぁ」

「最近は、だし巻きとか魚とか豆腐ドーナツとか、食べ歩きできるもん増えたなぁ」

「錦は観光客が多いから歩きにくいねんけど、たまに行くとおもしろいしなぁ」

「チョコレートコロッケって、食べたことある？　最近、錦で有名らしいねんけど」

「なんやそれ、美味しいの？」

「美味しいらしいけど、ちょっと勇気いるなぁ」

本当に京都の女は京都が好きだと思う。

自分たちの身近な場所が紹介されている雑誌やテレビを眺めて、時には文句を言いながらも気にしている。

京都の女は自分も含めて、京都を出ない、家を出ない者が多い。

自分は結婚するまでずっと家にいたし、美夏は早くに嫁ぎながらも、夫の稼ぎがあまりよくないこともあり、両親に勧められたのをこれ幸いに、家の離れに住み着いている。

秋乃は全くこの家から離れたことがないし、唯一、末っ子の冬香だけは東京の大学に進学しそのまま就職をしたのだが、会社を辞めて京都に戻ってきてしまった。

特に自分たちのような環境で生まれ育ってしまったら、とても他の場所には住めない。

この広い日本家屋もそうだが、下鴨という場所の住み心地の良さは他に比べるものがない。すぐ傍に鴨川の支流の高野川があり、原生林が清らかな空気を醸し出す下鴨神社、糺の森を抜けると、賀茂川と高野川が合流する三角州。そこからの眺めは見飽きることがない。

東を向けば、比叡山や五山の送り火が行われる如意《にょい》ヶ岳を眺めることができる。

京都は景観のために高い建物がなく、どこからでも山が見える。

そういう環境で育った自分には、東京や大阪の高層ビルの圧迫感がもたらす息苦しさは耐えられない。高速道路の多い街の排気ガスもつらい。

役所を辞める時に、大阪へ異動する話もあったのだが、断ったのは、京都から離れたくないからだ。

少し歩けば広大な京都市民の庭園とも言っていい京都御苑がある。京都大学や同志社大学など大学が近いので飲食店も安い。

観光客の多さで道路が混雑することなどの不満はあるけれど、水も空気も美味しくて、こんなに便利で住みやすい土地はない。

大阪や東京に行くと、京都とは時間の流れが違うといつも思う。

田舎とはまた違う、独特の時間の流れを京都は持っている。それに馴染んでしまうと、もう他の土地には住めない。

今は手放してしまったとはいえ、老舗料亭「賀茂の家」の長女であるということで他人から関心を持たれることが多い「世間の狭さ」は痛感しているけれど、それでも京都を離れようと思ったことはなかった。

この土地に住み続けるつもりなら、多少のしがらみは我慢せねばならない。

大学を出た時に国家公務員ではなく地方上級公務員を受けたのも、ここから出たくなかったからだ。

料亭を継ぐ気はなかったが、婿をもらいこの広い家に住み続けるのはいいかなと都合のよいことを昔は考えていた。けれど、結婚できない男との恋愛を繰り返しているうちに、妹の美夏のほうが先に結婚して家に居座ってしまった。もし自分のほうが先に結婚していたならば、あの離れにゆったりと住んでいただろう。

けれど美夏が家に残り正解だったのだ。安心して、家のことを任せることにより、自分に自由が与えられた。

見かけは母に似ているけれど、中身は母と逆で、姉妹の中で一番しっかりしていて芯が強く、家事や庭仕事も好きな美夏が家を守ってくれている。

こうしてたまに帰ってくる長女という立場が気楽だ。

母が亡くなる前から、この家の「母」は美夏だった。

母にそっくりの愛らしい人形のような容姿で、早く結婚し子供をつくり家庭を守る妹に劣等感はあったものの、仲が悪いわけではない。

むしろ仲がいいほうだろう。母に似ておっとりしている秋乃や、どこか斜に構えて姉たちに心を開かず、何を考えているのかわからない冬香よりは話ができる。

だからこそ、春樹の結婚を「祝福できるわけないやん」と、はっきりと言い放たれたことは、少々応えた。

肉親だから、自分の幸せを祝ってくれると考えていたのは甘かったのだ。

「お父さん、何か言うてきた？」

妹たちに声をかけると、美夏が立ち上がり、台所から一枚の絵葉書を持ってきた。

裏面は見たことがない鳥が飛んでいる海の写真だ。この写真だけでは、どこかわからない。

消印は、鳥取だった。

「この前は福井のほうやったやろ。京都を通り越して、今、鳥取みたいやな。気楽なもんやわ」

家を出た父は、こうして時折、絵葉書をよこす。

何も記さない、ただ居場所を伝えるだけの絵葉書を。

一応、携帯電話は持っているはずだが、普段は電源を入れていないようでまず通じない。

「お父さん、海沿いばっかりまわってるんやな」

春樹は絵葉書を、美夏に返した。

父は何を考えているのだろうか。

いきなり、この家の少ない財産を旅の費用にあてて家を出た父は。

自分のことを棚に上げて言うが、そんな勝手な人ではなかったはずだ。

「綺麗な海やなぁ」

秋乃が絵葉書を覗き込んでそう言った。

秋乃のおっとりした優雅な物言いに春樹は苦笑するが、美夏は眉をひそめている。

冬香は関心がなさそうに、黙ってテレビを観ている。

「お姉ちゃん、今日は泊まっていくん？」

秋乃が声をかけてきた。

一瞬、ためらったが、「うん」と春樹は答えた。

夫には、メールをしておけばいい。

やっぱり今日は帰らない、下鴨の家に泊まる、と。

またかと思われるだけで、気にはされないだろう。

かまわないのだ。夫だって、月に一度は、かつて暮らしていた家に子供たちに会いに行き、泊まることもあるのだから。

元の家族と過ごす時間を夫は持っていて、その間、私は独りにされるのだ。

だから、私が時折家に帰るのも、他の男と寝るのも、いいだろう。


夫の義郎が月に一度、もともと暮らしていた家に泊まるのは離婚の条件のひとつだった。

離婚しても、子供たちの父親であることに変わりはないのだから、月に一度は「お父さん」として過ごして欲しい、と前妻に頼まれたらしい。

家のローンも払い続けているし、子供たちが成人するまでの養育費や学費の負担など、前妻が出した条件は全て呑んだ。

その金額を考えると、ゾッとする。夫はこれからの労働の対価のほとんどを、別れた妻や子供たちのために費やさなければいけないのだ。ひとつの大きな決断のために、夫はどれぐらいのものを捨て、負担を増やしたのだろう。そのことを考えだすと深刻になるので、春樹は普段、なるべく見て見ぬふりをしている。

私という女と結婚することにより、夫は人生で明らかに金銭的な損をした。

妻子ある男と結婚するというのは、これほどまでに手間がかかり、冷たい目で見られるものだということが、経験して初めてわかった。

不倫恋愛は、人から指をさされることだということはわかっていたつもりだったし、覚悟があるはずだったのに、考えが甘かったのだ。

結局あなたは、そこから逃れようとは思っていても、ぬくぬくと生きてきた「お嬢さん」なんだよ――そう言われても反論はできない。

職場恋愛でもあったため、随分と敵をつくり悪者になってしまった。

退職する時には、惜しんでくれる人よりも、ざまあみろとばかりの視線を投げかけてきた人間のほうが多かったぐらいだ。

社会に出て以来、「エリートで老舗料亭のお嬢さん」という記号は、老若男女を問わず他人の劣等感を刺激するということは自覚していたが、「不倫略奪愛により退職」に際しては、悪意を全開にされた。

妹や母親に対して容姿で引け目を感じている自分が、他人から嫉妬の対象となるのは皮肉なことだった。

自分で自分を美しいとは思わないけれど、身なりには気を遣い、お金もそれなりにかけていることで、「お高くとまっている」と思われてしまう。

ブスだったら可愛げがあるのにと、職場の男性たちから言われているのを知り、驚いたこともあった。

美人とか可愛いという言葉は、自分の母や妹たちにふさわしい言葉だ。

どうして私は母に似て可愛く生まれてこなかったのだろうと、ずっと思っていたのだから。

こんなに劣等感に苛まれてきた自分が、他人の劣等感を刺激する存在であるとは思いもよらなかったが、嫉妬されることにより、優越感を覚えることもできた。

自分でも意地が悪いと思うが、劣等感と優越感は背中合わせだ。

劣等感の強い人間は優越感を求めてしまう。

だから、なのだろうか。

妻のいる男とばかり、寝てしまうのは。

人様の幸福な家庭に、毒を入れて味わおうとしてしまうのは。

幸福な家庭と、そこで安穏と暮らしている人間たちを見ると、心の奥底から黒い煙がくすぶって、血液のように全身にいきわたり、欲情を湧き起こさせる。

男に守られる幸福を疑うことなく享受している人たちを見ると、壊したくなる衝動にかられる。私はしっかり者なんかじゃない、優等生じゃない、いい子なんかじゃない、育ちのいいお嬢さまなんかじゃないと、声をあげるかのように。

だから、どうしても興味が向かうのは、欲情するのは、家庭のある男ばかりなのだ。

そうじゃない男と寝たこともあるけれど、よくなかった。

人前で堂々と手をつないで歩ける、家族や友人にも紹介できるような男とは、長続きしない。

セックスも、そうだ。

胸の痛みを感じないと、快楽を得られない。

寂しさとか切なさとか背徳感とか罪悪感とか優越感とか、そんな感情がないとつまらなくなってしまう自分は、ひどく愚かで歪んでいると自覚はしている。

だからこそ、四十歳になる前に結婚して、負の感情のつきまとう恋愛を卒業し、人並みに幸せになろうとしたのに。

実家の居心地の良さのひとつは、風呂の存在がある。

居間を出て暗い廊下を歩く。廊下の照明は昔ながらのランプなのでほのかな明かりでしかないのだが、風情があるし不便もないのでこのままだ。暗さは古さを美しく見せるのだと、この家に住んでいるとわかる。右手には四畳半の部屋があり、今は物置になっているが、昔はここはお手伝いさんが寝泊まりしている部屋だった。春樹が小学校に上がるまではひとりお手伝いのおばさんがいたことがうっすらと記憶に残っている。

一階のつきあたりが勝手口で、その手前右に浴室があった。ガラガラと音を立てる木の扉をあけて春樹は足を踏み入れる。

脱衣場は広くはないが木でできている。不似合いなクリームイエローの洗面台は父の代になってとりつけたものだ。

浴室は湯気で壁が見えない。蒸気が肌を温めてくれるのが心地いい。

深い檜《ひのき》の浴槽に浸かり、大きく息を吸い込む。

足を伸ばせる大きな風呂は、水道代を食うと美夏に嘆かれてもいるが、それでもこの心地よさは妹たちも気に入っている。

出張などでビジネスホテルに泊まると、ユニットバスというものの窮屈さにうんざりするし、今住んでいるマンションの部屋も、風呂とトイレはかろうじて別々なものの、圧迫感がある。

幼い頃は、母と一緒にこの風呂に入り、真っ白な肌でふくよかな乳房を持つ母が可愛らしいお人形のようだと子供ながらに見惚れていた。

顔だけではなく、何もかも自分は母親と正反対だ。

母親は好きなことしかしなかったし、それで許される人だった。そういう環境に生まれ育ち、祖父母や父に守られて生きてきた人だった。

着物が好きで、随分とお金をつぎ込んだようだ。今でも母の着物は物置の桐箪笥に残してある。帯留なども随分と高級なものが残されていて、裕福さを窺い知ることができる。妹たちはたまに着ているようだが、自分は背が高いし、色も柄も似合わないものばかりだ。

春樹は、自分は母にとって可愛くない娘だったと思っている。

母親は普通に可愛がろうとしてくれたけれど、「お母さんに似てないね」と言われるのが嫌で、並ぶのを避けていた。

母親の着せたがる、桃色や橙色の服は子供ながらに似合わないことを自覚し拒否していたことで、悲しそうな顔をされたことも記憶に残っている。

それでも小さい頃は、自慢だったのだ。可愛らしい、母親が。

だからこそ似ていない自分の顔が、嫌いだった。

お母さんは、可愛いし綺麗。お母さんに似ている美夏や秋乃も可愛いのだけど、似ていない自分は、可愛くない。

今でも覚えている。小学校二年生の参観日に、華やかな着物姿で現れた母親は、明らかに浮いていた。

薄桃色の地に菜の花があしらわれている訪問着はどう見ても「娘」が着るもので、母親らしくなかった。白地に金色の糸で波模様が織り込まれた帯や翡翠を使った帯留も、完璧に結い上げられべっ甲の櫛で留められた髪も、無難なスーツを着た母親が多い中で明らかに場違いだった。

傍にいた他の母親たちに「綺麗なお召し物ですね」と言われるたびに、本心から嬉しそうに微笑んで、「これは西陣の○○さんにつくってもろたんどす」と応えていたが、褒め言葉が皮肉だということに気づかない母の愚かさを春樹は子供ながらに悟っていた。

春樹はその時にはじめて、母を恥ずかしいと思った。周りに合わせるということが、できない人なのだ。

けれど何より悲しく傷ついたのは、春樹と仲良くしていた男の子が、「春ちゃんのお母さん、すげぇ可愛い！　春ちゃん、似てなくて残念だね」と、投げかけた言葉だった。

男の子は思ったことを口にしたにすぎない。

けれど、その言葉を聞いて、周りにいた女の子たちも、「ホントだ、残念なんだ」と口にしてくすくす笑いはじめた。

言ったほうはすぐに忘れてしまうだろうけれど、春樹自身は四十歳を過ぎた今も忘れられない。母に似た美夏や秋乃を見るたびに時折思い出す程度には傷は残っている。

母に似ていないことは、残念なことなのだ。

自分は、残念な容姿なのだ。

今ならば、人間はいろんなタイプの美しさがあるということが理解できるけれど、幼い頃に打ちつけられた劣等感の釘は未だに刺さったまま抜けない。

あの時に、まるで自分の若さと美をひけらかすかのように華やかな着物で教室に現れた母親にも、軽く憎しみが湧いた。母からすれば、自慢の着物を外出時に着たかっただけなのかもしれないけれど、他の母親たちが失笑していたのがわかったし、不必要に目立ったせいで、春樹が傷つけられるはめになったのだ。

無邪気さは、無神経だ。

それが母という人間の全てだった。

あどけなさや若さは幼さや愚かさでもあり、他人に負担を強いることでもあるのだ。

「賀茂の家」のことだって、母が年齢相応にしっかりした人であれば、ひとりで奔走する父を助けたり、自分が動くことだってできたであろう。

けれど母は何もできなかった。

まさか店が売却せねばならないほど傾いていたであろうことにも気づかず、信じず、いつまでも自分だけは幸福な花畑の中で生きていけると思っていたのだろう。

春樹がなかなか結婚しないことも、父は気を揉んでくれてはいたのだが、母は何も言わなかった。それだけ、娘のことにも無関心だったと今ならわかる。

普通の母親ならば、三十歳を過ぎた娘が独身のままでいることを多少は気にするだろうに。

そう思うと、今、妹の美夏が、秋乃や冬香の将来をいろいろ気にしているのは、多少言いすぎだと思うことはあっても肉親として正しいことなのだ。

母はずるい。結局、ろくに苦労しないまま、癌になりあっけなく逝ってしまった。

若いまま亡くなった母は、きっと幸福なのだろう。それはそれで、羨ましい。鈍さゆえに得られる幸福がこの世にはたくさんある。

だからこそ、「家庭で安穏としていて男に守られている妻」の存在に刃を向けるように、既婚者ばかりとつきあってしまうのだろうか。

母が安穏と生きていた世界を、自分は壊したくなる。

勉強を頑張ったのは、誰にも負けたくなかったからだ。何に勝とうとしていたのか、今となってはわからない。いつも必死で走っていたような気がするけれど、結果的にもたらされたものは不倫による退職と、暇な職場だ。

自分は不幸ではないけれど、幸せでもない。

もし自分が妹たちのように母親に似ていたならと、春樹は時折考えずにいられない。美夏のように、家族を愛する可愛い奥さんになれたのだろうか。

家や家庭というものを何のためらいもなく受け入れてそこに安住できる、女に。

檜の風呂から出て身体を洗う。さすがに四十路を過ぎて、肉がついてきた。それでも細身ではあるけれど、老いというものを感じずにはいられない。

子供を欲しいと思わないこと、子供が必要ではないことで、年齢に対する焦りは同世代の他の女よりは薄いけれど、それが幸運なことだとは思えない。

他人――夫の前妻の意向により、自分の人生の選択肢がひとつ阻まれることは、計算外のことだった。もし自分がもっと若くて子供を欲しがっていたならば、絶望するか、無視するか、どちらかだったろう。

夫は前妻の「子供をつくらない」という離婚の条件を、前妻との間の子供たちが可哀想だからという理由をそのまま受け止めているが、おめでたいとしか言いようがない。

復讐に決まっているではないか。家庭を奪った女から、「女の特権」のひとつを奪うなんて。

その条件をつきつけられた時に、初めて夫の妻を怖い女だと思った。それまで自分がその女のことをなめていたことにも気づかされた。

夫が子供の家に行くのは、今週末だったはずだ。家でひとりでくつろごうか。いや、自分はこの家に戻ってきてしまう、多分。

夫が別れた妻や子供たちと会うのは、気分がいいものでは、決してない。

だからひとりでいたくはない。

春樹の頭に金子の顔が浮かんだが、金子だって週末は恋人と過ごすだろう。

結局私はこの家に来るのだろうと、春樹は湯船に浸かりながら苦笑した。


「じゃあ、行ってくる」

「うん、気をつけて」

最初の頃、義郎は月に一度の子供たちとの面会に出かける時は、申し訳なさそうな表情をして出ていった。帰ってからも、何ひとつ、子供と、前妻のことにふれることはなかった。

けれど今はもう、会社に行くのと同じように、当たり前に出ていく。

いや、どこか嬉しそうにしていると思うのは気のせいだろうか。

それは当たり前なのだ。親だから子供のことは可愛いだろう。こっそり子供たちの写真を何枚も所有して、たまに眺めていることも知っている。

帰宅しても、時折、子供の話をするようになった。最初は春樹のほうが気を遣って、「どうだった、お子さんたち元気だった？」と聞いたことがきっかけではあったけれど、当然のように語られるとおもしろくはない。

子供だけならいい、前妻がそこにいることが複雑だ。

はじめて金子と寝たのは、義郎が前妻の家に行った夜のことだった。

ひとりでマンションにいるとむくむくと嫌な感情がこみあげてきて、たまらなくなった。

楽しそうな家族、そこを崩壊させてしまったのは、自分だ。さぞかし前妻や子供たちは自分を恨んでいるだろう。

けれど義郎も自分も、その罪に見合うだけの経済的な負担はかけられているし、春樹は子供を産むことも前の家族のためにできないのだ。

子供を欲しいわけじゃないとはいえ、前妻とその子供たちのために、人生の選択肢を奪われるということは、重い枷《かせ》となった。

そんなつもりじゃなかったのに。

義郎と関係を持った頃は、いつもと同じ、たわいもない楽しいつきあいのつもりだったのに、まさか離婚なんて言いだされるとは予想外だった。

もっと一緒にいたいとは確かに口に出したことはある。奥さんのところに帰らないでと甘えたこともある。けれどそれは、関係を楽しむための香辛料のような媚にすぎず、義郎も同じつもりだと思っていた。

どう考えても、結局最後に押し寄せてくるのは自己嫌悪しかない。

義郎と結婚してよかったのかどうかも、わからない。一緒にいると一番楽で安らぐ相手ではあるし、今でも好きだという気持ちに変わりはないけれど、果たして義郎のほうは自分でよかったのだろうかと自問自答がやめられない。

何人の幸せを壊してしまったのだろうかという罪悪感が、義郎のいない夜には押し寄せてくる。そんなことを繰り返してきた自分への嫌悪感も。

四十歳を過ぎた大人なのだし、不倫をするということがどういうことかわかって全て引き受けているつもりだった。けれどこうして家にひとりでいると、不安が襲いかかってきてたまらない。

お前が悪いんだ、お前が悪いんだと、自分で自分を責める声が聞こえる。

そう、私が悪い。いつまでたっても大人になれない、上っ面を取り繕うことだけが得意で、中身は未成熟なままの私が悪い。私のわがままで、いろんな人に迷惑をかけて人生を壊してしまったと、普段は閉じ込めているはずの罪悪感や寂しさがこみ上げてきて、つらい。

結婚前、あの下鴨の家にいた時は、こんな気持ちになることはなかった。あの頃は当たり前に家族が家にたくさんいて、それに慣れてしまっていたので、ひとりで家にいることがこんなにも寂しいなんて知らなかった。

あの頃は男と会って家に帰って家族がいることが恋愛の余韻を壊すようで、うるさく思えたこともあったのに、今は、なるべくひとりではいたくない。

あの日は、金子と飲みに行って、春樹のほうから誘って寝た。

三ヶ月前のことだ。

金子も恋人と大喧嘩をした直後だったからか、ごくごく自然にホテルに行った。

自分はずっと家庭のある男とばかり寝てきたのが、逆になってしまった。

そして金子と続いているのは、夫である義郎と寝るよりも、気持ちがよいからだ。

夫は年齢のせいもあるのか、そんなに求めてはこない。結婚する前は、会うたびに寝ていたのに。

春樹のほうも結婚すると、夫とのセックスが、途端に物足りなくなった。

同じことをしているはずなのに、手にしてしまった瞬間につまらなくなってしまうなんて、陳腐すぎる。

結婚生活に失望するたびに、妹の美夏の顔が浮かぶ。

美夏に放たれた「人の家庭を壊したら、一生その罪を背負ってつぐなわなあかんねん」という言葉も蘇る。

美夏と夫、子供たち——仲の良い家族。それを、どうして私はつくれないのか。

良い大学に入ろうが、就職しようが、容姿を磨こうが、たくさんの男と寝ようが、当たり前に幸福を手に入れることのできる女には、敵わない気がしてならない。

ひとりの男に守られ愛され、その男の子供を産む女には、敵わない、と。

美夏は夫以外の男と寝たいと思ったことはないのだろうか、寝たことはないのだろうか。

そんなことは聞けないけれど、いつも気になる。

夫以外の男と寝たいなんて思わないほうが、妻のいる男と寝たいなんて思わないほうが、幸せに決まっている。

だから自分は、幸せになれない病なのだ。

結局、春ちゃんはね、欲深すぎるんだよ――。そう言った男から久々に連絡があり、週末に会うことになった。

待ち合わせ場所の小料理屋に入ってきた風見を見て、春樹は笑顔になった。白髪は増えたけれど、あとは変わらない。

確か四十九歳になったはずだ。

「久しぶり、春ちゃん」

「風見さん、珍しいやん、連絡してくるなんて」

風見は「賀茂の家」の先代の板長の息子だった。板長は妻を早くに亡くし、息子とふたりで近所に住んでいたので、昔からの馴染みだった。

父が忙しい時に、春樹の遊び相手になってくれたのは、いつも風見だった。

妹たちが生まれて母がそちらにかまいきりになってからは、風見は年の離れた兄のように春樹を可愛がってくれた。

「何言ってんだよ、お父さんが出ていったって、俺は知らなかったんだよ。この前、店に秋乃ちゃんが来て初めて聞いてびっくりしたから」

「ああ、そうなんや。まあ、他人にはあんまり言うてへんからなぁ。聞こえがええことやないから」

風見は父の後を継がず、大学を中退して東京に行き、様々な仕事をしてそこで結婚したらしいが数年で別れ、父親のいる京都に戻ってきた。

京都で二度目の結婚をした相手が骨董品店を経営していて、十年前、その妻とも別れてから店だけ引き継いで店主となり、年老いた父と暮らしている。

風見が東京に行ってからは雪岡家とも疎遠になっていたのだが、春樹の母の葬儀で再会した。骨董品店の店主となっていると聞いて、その店を訪ねてみた。それから何度か、何かついでがある時に店を覗くようにはなってはいたが、しょっちゅう連絡をとっているわけでもない。

「秋乃、よく来るん？」

「あの子は、古いものが好きみたいだね。たまに顔を出して、何かしら小さなものだけど買ってくれるよ。女友達と一緒が多いけど」

思わず口をとがらせてしまった。自分より秋乃のほうが足を運んでいたと聞いて、悔しい気持ちが表情に出た。

母に瓜ふたつの、妹。

けれど、変わり者なのか、男っ気が皆無で、結婚どころか恋愛している気配もない。

カウンターに腰かけて、日本酒を注文する。

「お父さん、なんで出ていったの？」

「わからへん。お母さんが死んで、寂しくなったんかせいせいしたんか。いきなり置き手紙だけ残して出ていったから、わからへんねん。まあ、お父ちゃんも婿に来て料亭継がされて、慣れんままずっと四苦八苦して結局手放して……。ゆっくりしたいんちゃうかな」

箸を持つ風見の手を見る。

大学生の頃と同じだ。筋張った、そのくせ爪の形がいい手。

「美夏ちゃんや冬香ちゃんはどう言ってる？」

「美夏はいつものごとく、カリカリしてる。お父ちゃん勝手なことして心配かけてって怒ってるで。あれはでも、あの娘の性格やな。心配性やねん。冬香はどうなんやろうなぁ。冷静ぃうか……あの娘は相変わらず、うちらには自分の気持ちは口にしぃひんな。それ以外のことは普通に喋るねんけど。でも冬香は末っ子で、お父ちゃんには可愛がられとったから、内心は気にしてんとちゃうかな」

「秋ちゃんは、ついでみたいにさらっと、お父ちゃん出ていったなんて言うから、こっちが動揺したよ」

「まあ、あの娘はそうやなぁ。お母ちゃんと一緒で、なんか一本ネジが外れとるいうか、状況を把握してへんのちゃうかなぁ」

「春ちゃんは、どう思ってるんだよ、お父さんの家出を」

「好きにしたらええんちゃうかな」

「春ちゃんは、誰に対してもそうやね、好きにしたらええって。自分が好きにしてるから？」

「まあ、そういうことやろな」

父のことで他人に心配をかけたくなかったから、自分は言わなかったのだ。

春樹とて、美夏ほどではないけれど心配はしている。けれど父はそのうち帰ってくるだろうという確信があった。長い旅行に行っているのだというぐらいの感覚だ。

おそらく、心配をかけた自分が結婚し、東京から末っ子の冬香も帰ってきて、そして母を看取ったことで、父は安心したのではないだろうか。だからこそ休息のために家を出たのではと思っていた。

当たり前に、今でも家には父が待ってくれているような気がしている。だから危機感などなく、わざわざ他人に話して騒動にしたくもなかった。

けれど、風見ならば知られてもいいか。

風見には、気取ることなく話をすることができるのは、子供の頃からの自分を知っているからだろうか。

あるいは、従業員の息子と店の長女として、上下関係のようなものがわずかではあるが存在していたからだろうか。

以前、酔いに任せて過去の恋愛話をした時に、「春ちゃんは欲深すぎる」と言われた。

そんなのわかっていると春樹が返すと、「長女やからな」と言われたが、その意味は未だによくわからない。

「風見さんの東京弁、なんか嫌味やわ」

「東京弁っていうか、標準語だよ、これ」

「そんな知らんやん。京都の人やのに、ちょっと東京に暮らしてただけであっちの言葉になるなんて、なんか嫌やわ。別のひとみたいや」

「これでも標準語を喋れるように努力したんだよ」

「もう京都に帰ってきてるから、いいんちゃうの」

「いや、もう慣れてるから」

「東京の言葉、あんまり好きやないわ。鼻につくし、嫌味に聞こえることがある」

「秋乃ちゃんにも言われた。本当に、あなたたち京都の女は、京都が一番だと思ってるんだよなぁ、言葉に関しても。まあ、好きにさせてくれよ」

「なんで東京の言葉にしようとしたん？　冬香も東京にいたけど、あの娘は全然変わってへんで」

「女の子は東京にいて京都の言葉を使うのは受けがいいから、いいんじゃないか。俺の場合は、京都という街を捨てたかったんだよ。東京、というか、生まれ育ちなんか関係ない人間になりたかった」

「なんでなん」

「さぁ……。でも俺も、二度と帰らないつもりだったのに、結局こうして京都に帰ってきちゃってるからな。冬香ちゃんと、同じか。京都の言葉だって、ポロリと出てしまうし」

「冬香は帰ってくるって私は予想してたで。京都の女は京都から離れられへんねん。冬香だけちゃう、お父さんも、そのうちケロッとして帰ってくるわ」

　風見は笑った。

「ところで、旦那はほっといてええんか」

「……今日は、向こうの家にいて子供たちと楽しく過ごしてるはずや」

「そうか」

　風見は表情を変えずにそう言った。

　カウンター席でよかったと、春樹は風見の手を眺める。

　テーブル席で向かい合うと、気恥ずかしい。

　初恋の人は、やっぱりこの人なんやろか――。

　寝てない男は自分の恋愛遍歴に含まれないのだが、最初に、「寝たい」と思ったのは風見だった。

　あれは自分がまだ小学校高学年の時で、風見は大学生だった。

　夏、夜の下鴨神社の虫の声が五月蠅かったことを覚えている。

　塾の帰りに下鴨神社の前を通ると、風見を見かけた春樹は、うしろから脅かしてやろうと、足音を潜めてあとをつけた。

　風見は人気のない下鴨神社の参道をまっすぐに歩いていき、中の鳥居をくぐり、左手に縁結びの社があるところで足を止めた。

　そこには連理の賢木《さかき》という、二本の木がからみ合いひとつになっていることから、縁結び祈願として知られる木が祀られていた。

風見はそこで目をつぶり、手を合わせていた。

そして深く礼をすると、右手を自分のジーンズの上から股間にあてた。

それははた目にも、盛り上がっていた。

風見はその二本の木を眺めながら、誰かのことを思い出していたのだろうか。そしてふいに、その女の記憶が残る自分の股間に触れてしまったのかもしれない。

その光景は春樹の目に長く焼き付いて離れなかった。

自分の中で「欲情」を自覚したのは、あの時が初めてだ。

誰かわからないけれど、女を想い、縁結びの木の前で欲情するなんて、叶わぬ恋でもしていたのだろうか。

春樹は家に帰り、あの布の中で繰り広げられた見えない指の動きを想像し、自分の性器を初めて触った。

誓って言うが、それまで風見に対して特別な感情はなかった。けれど、他の女に触れ、その女を指で悶えさせる姿を見て、興奮を覚えた。

そのうち風見は大学を中退して東京に行き、会うこともなくなった。

母の葬式で再会した頃にはさすがに春樹自身も大人になっていたから、特に意識することなく話ができた。

風見はあの頃と変わらない。いや、二度の離婚を経て、いい年の取り方をしているように見える。様々な職と住処を転々として故郷に戻った風見の風来坊的なところに自分は惹かれている。

　春樹の周りにはエリートでプライドが高い男か、つまらないぐらい堅実な男か、勉強ができるだけの世間知らずな男が多いから、風見のように自由なタイプの男が新鮮で、一緒にいて楽だった。

　美夏に「風見さん、なんかかっこよくなったね」と言うと、「どこがやねん、おっさんやん、お姉ちゃん趣味悪いわ」と言い放たれてしまった。

「だいたい、あんなろくに働いてへん、ふらふらと気楽そうな人は、男としてどうかと思うわ。店主って言うたかて、別れた奥さんからもろた店でもうける気もなく、ぼーっとしてはるだけやろ。ちゃんと地に足をつけた生き方してへんのは現実から逃げてるだけやん。そんなんやから二回も離婚するんやわ」とまで美夏は言う。

　確かに美夏の夫とは正反対かもしれないが、自分から見たら、堅実で無口で、無難なことしか言わない美夏の夫は、「いいお父さん」ではあっても、男としてはつまらない。

　美夏の夫――あののっそりとした男に自分が欲情することは、ないだろう。

　良妻賢母の鏡のような美夏にぴったりの男が、妻以外の女になびくところも想像できない。

「春ちゃんも、ちゃんと幸せにならなあかんで」

　風見は、春樹の視線を知ってか知らずか、そう口にする。

　関西の言葉にふと戻ったことが嬉しかった。

「幸せやで、私」

「それやったら、ええんやけどな。春ちゃんは、悪いことしたがるくせに、いい子やから厄介だなぁ」

「何なん、それ」

「好きで旦那と一緒になったんだから、それでいいのに。どこか躊躇《ためら》ってる。まるで自分は、幸せになっちゃいけないと思いこんでるみたいだ」

春樹は胸をつかれ、黙ってすがるように風見を見つめる。

「そろそろ帰るわ」

風見は春樹の視線を無視して、店の者を呼び勘定を済ませようとする。

「え、もう？」

「年寄りは、早く眠くなるんだよ」

誘う隙をわざと春樹に見せないことには気づいていた。

春樹が微かに自分に欲情していることを、全て把握しているかのごとくに壁をつくる。

風見はあくまで、気さくな兄のように自分に接して、それ以上のものは見せない。

「まあ、またお店においでや」

そう言って、小料理屋を出ると、すぐに背を向けられた。

春樹はため息を隠さずに、繁華街から一本東の高瀬川沿いの木屋町通を歩き、京阪電車の三条駅に向かう。

子供の頃から、数え切れぬほど乗った緑の電車に。

マンションは神宮丸太町駅が最寄りなのだが、そこで降りずに終点の出町柳《でまちやなぎ》駅まで乗車した。

駅を降りて地上に出て、横断歩道と高野川を渡ると、川沿いの桜並木にちらりと目をやるが、もう今年はほとんど散っている。

春など、早く終わってしまえばいいのだ。

橋を渡り終え、北へ続く細い道を少し歩くと実家がある。その道を横切り、下鴨神社の鳥居を右手に眺める。

鳥居から社殿に続く参道の両脇には木々が繁り空を覆っている。まるで青い空を見るなと目隠しをされているようだ。

参道の行先には奈落に落ちていく胎道のように闇しか存在しない。

この先には神様がいるはずなのに。

神様の存在よりも、永遠に闇が続くような気がする――終わりのない闇が。

下鴨神社には原生林が残されている。川が流れ、水音が囁きのように聞こえる。

嘘偽りを、糺の森、か。

私はずっと嘘ばかりついている――。

春樹はまっすぐな参道を眺めていた。

風が顔にまとわりつく。

春風も夜になれば、ただの冷たい風だ。

春の寒さに身体が震えて、男と寝たくなり、春樹は鞄の中の電話をまさぐった。

家に来たらいい――。

金子に「どうしてる？　もし時間あれば、会わない？」とメールをしたら、思いがけず返事がきた。

週末だから恋人と過ごしているかと思って期待などしていなかったのに。

金子の家に行くのは二度目だった。普段はホテルで会うことが多い。

恋人が合鍵を持っているから、彼女が確実に部屋に来ない時しか行けないのだ。

タクシーで金子の住む修学院《しゅうがくいん》のマンションに向かう。出町柳駅から叡山《えいざん》電鉄に乗り換え四つ目の駅が修学院だ。周辺に大学がいくつかあるので、家賃の安いマンションが多いのだと聞いていた。

金子のマンションは住宅街にある四階建てで、二階の一ＬＤＫの部屋にひとり暮らしだ。

「お邪魔します」

そう言って金子の開けてくれたドアの中に身体をすり込ませる。

「誰かと飲んでたの？」

「うん、わかる？」

「ちょっと頬が赤いから酔ってるでしょ。相手は男？」

「一応、男」

「なんだよ、一応って。何？　そいつに放っておかれたから、俺のとこに来たの？」

「違う。そういう相手やないんよ」

言い訳をしようとした春樹の唇を金子の唇が塞ぐ。

否定はしたけれど、風見に会って芽生えた感情を鎮めるためにここに来たのは本当だ。

「大丈夫なん、そっちは」

「ああ、彼女、今日はね、なんと、合コンなんだってさ。やっぱり春は出会いの季節だね。人間関係に飢えた若者たちが沸き立つ時期だ」

「合コン？」

「結婚する気のない恋人よりは、自分の望みどおりにしてくれる男を探す気なんじゃない？　合コンだから遅くなるんで今日は行かないって、わざわざ知らせてくるんだから。ただでさえ季節的に新歓の飲み会だの歓迎会だの飲み歩くことが増えてるんだけど、わざわざ合コンとか正直に報告するのがねぇ」

「それは、あなたに嫉妬して欲しいんやろ」

「そうだろうね。あるいは、他の男に渡したくないから結婚してくれって言わせたいんだろうけど——つきあってられないよ。そんなくだらない駆け引きには」

金子が春樹の腰を引き寄せて、首筋に唇をつける。声が漏れる。

金子の目に怒りが込められていることに春樹は気づいていた。恋人に対する苛立ちなのか、それとも嫉妬なのか。

「シャワー浴びる？　俺は、あなたがそのままでも、いいけど」

「なら、いい。早くしたいの」

金子は春樹のブラウスのボタンを外しはじめる。

春樹はもどかしげに、スカートのホックを自分で外す。

下着姿になった春樹の手を握り、金子が寝室へ導いた。金子と恋人が、いつもからみあっているベッドへ。

その姿を想像すると、身震いする。恐れなのか、武者震いなのか。

秘密のない関係なんて、興奮しない。

自分が今、夫と寝てもつまらなくなってしまったのは、秘密の関係ではなくなってしまったからだ。誰にも言えない、誰にも知られてはいけない、いけないことをしている、誰かを傷つけてしまっている関係——人も傷つけるけれど、自分も傷つく、綱渡りの痛み——それがないと、生きている気がしない。

金子に下着をはぎ取られ、胸の谷間に顔をうずめられる。指が腹の下を這い、既に濡れているところへたどり着こうとしている。

「彼女に悪い」

他人を傷つけているのだということを口にした瞬間に全身が快楽で震える。

旦那さんに悪いと、金子がいつも言うのと同じ響きで、心がこもっていない言葉なのに。

「何してんの！」

扉が開けられたことに、ふたりとも気づかなかった。

女が目を見開いて仁王立ちになっている。

「なんなん、これ？　誰？　あんた！」

吐き捨てるように女が言う。春樹はとっさに顔を隠す。一度、飲み会で会っただけではあるけれど、顔を覚えられているかもしれない。

「……お前、今日、来ないんじゃなかったのかよ」

金子が裸のまま、ベッドから出る。さきほどまで春樹の中で張りつめていたはずの性器は、強度を失いだらりと揺れている。

金子はそれを隠しもしない。

「合コン行ってたわよ！　でもつまんないし、やっぱり徹ちゃんに悪いから途中で帰ってきて……。なんなのよ、これ！」

女が手に白い箱を持っていた。春樹も知る、北山の有名な洋菓子店だ。そういえば金子は甘いものが好きだ。恋人の機嫌を取るために、ケーキでも買ってきたのだろうか、ふたりで食べようと。

「誰よ、その女、何してんのよ！」

女の目からポロポロと涙がこぼれた。

なんてタイミングよく、上手に泣けるのだろうと、こんな時なのに春樹は感心する。

自分にはできない、あんなふうに「かわいらしさ」を演じることは。

「なぁ……今日は帰って。また改めて話すから」

金子は腰を何も覆わないままに恋人に話しかける。

うしろから眺めていると、太ももの間で垂れ下がり揺れる陰嚢が滑稽だ。

自分の手や口でもてあそぶ時はあんなにも淫猥なのに。

「なんで私が帰らなきゃいけないの？　その女でしょ」

「……あとで話すから、いいから、今日は」

春樹は顔をそむけたまま、ベッドの脇にある下着に手を伸ばす。

この状況で、帰らないといけないのは私のはずだ。

「ひどいじゃない。だって私が徹ちゃんの彼女なのに、なんで帰らなきゃいけないの」

「――あのさ、俺は君の願いは叶えられないから、思いどおりにはできないからさ。君は合コンでもなんでも行って、自分の思いどおりになる彼氏、見つけたほうがいいよ」

春樹は背を向けながらも、耳をそばだてる。

金子は、別れ話をここでする気なのだろうか。

今まで妻ある人とばかりつきあってきたのだが、こんな絵に描いた修羅場に直接遭遇するのは初めてのことだった。

「思い出した」

女は金子が出ていかせようとするのに抗いこちらに近付いてきて、仁王立ちになる。

明るい部屋で二十代の女の前で肌をさらすことの屈辱さに春樹は唇をかむ。

さきほど愛らしくこぼれた涙は引っ込み、ベッドに横たわったままの春樹を女が見下ろす形になる。

被害者ぶった泣き顔は消し去られ、今はふてぶてしく自分に侮蔑の眼差しを向ける女が、そこにいた。

自分も女のはずなのに、女という生き物は怖いと春樹は思った。一瞬にして、可哀想な女から、他人を攻撃する女に変貌するなんて。

「この人、思い出したぁ。徹ちゃんの職場の人よね。一回お会いしたことありますよね」

春樹は必死に無表情を装っている。頷きかけて、やめる。

「京大卒のエリート公務員だったけど、不倫でクビになって徹ちゃんの職場に来た人。年齢は結構いってるオバサンだけど綺麗めで、やれって言われたらやれないこともないって」

「ちょ、やめろってば」

クビになったのではない、自分から辞めたのだと反論したかったが、もちろん春樹は無言のままだ。

「有名な料亭のお嬢さんなんですってね。お金持ちだろうから、仲良くなって相手したら、いいことあるかなって、徹ちゃん言ってたけど、ホントに仲良くなったんだぁ」

「おい……勘弁……」

金子が女の背後にまわり、肩に手を置いて懇願しているが、女は一向に構う様子はない。どの言葉を使えば春樹が傷つくか、楽しそうに探して口にしている。

「人のものに手を出すのがお好きなんですね。いざ結婚してもらったら旦那にかまってもらえなくて、若い男にちょっかい出したんですか？　そりゃ大切にされませんよねぇ。だって、あなたは自分を大切にしてないんだもん」

自分を大切にしていないから、人からも大切にされない……そんなことは承知だ。けれど、それをこんな女から言われる筋合いはない。

春樹は唇をかみしめてこらえる。

「やめろって、頼む」

女は金子のほうを向いて、睨みつけた。

「徹ちゃん、このお金持ちのオバサンにセックスしてあげて、お小遣いもらったの？」

「何言ってんだよ、そんなのないって」

「セコい男。わかってんのよ、このエリートで人妻のオバサンと寝て、いい気になりたいんでしょ。ああいう女をひぃひぃ言わせられたら気分がいいだろうなとか、言ってたもんね。バカみたーい」

春樹はうつむいて表情を隠す。

この女は自分よりも、ずっと賢い。

こんなにも、春樹を傷つける言葉をたくさん見つけてくるではないか。

女は金子の手を振り払い、一歩前に出てきて、はっきりと春樹を見下ろす形になる。

「可哀想なオバサン。人から奪った旦那さんに相手にされず、若い男にちょっかい出すなんてねぇ。四十超えて結婚もしてんのに、そこまで男に飢えてるなんてみっともなーい。私は年とっても絶対そんなふうになりたくないなー。あなたは普段、人を見下してるんでしょうけど、そんなあなたこそが馬鹿にされてるんですよ。でも、皆、それを言わないの。だって、すごく可哀想な人だから同情してんのよ」

どうして金子は無理やりでもこの女を追い出してくれないのだろうか。

「もう、いい」

「え？」

「出ていくよ。この部屋にも二度と来ない。なんか一気にさめちゃったぁ。合コン行って正解だったな。じゃあね、徹ちゃん」

女の声のトーンが急に明るくなる。

「ちょ、ちょっと」

「オバサン、可哀想だから、この男、あげるよ。私、もういらない、こんなくだらない男。勢いはあるけど下手だし早漏気味だし、私はもういいや」

春樹は顔をあげることができない。

「私の荷物は宅配便で送ってね。合鍵は、もう返す」

チャリンと、鍵が床に落ちる音がした。

扉が閉まる音がして、女の足音が遠ざかっていく。

「待てったら」

「いいよ、もう」

玄関先で軽く押し問答のような声が聞こえたが、すぐにガチャリと重い扉が閉められた音が聞こえてきた。

裸のままの金子が目を細めて部屋に戻ってくる。

「いろいろ、ごめん。迂闊だった」

金子だけが迂闊だったのではない。自分も甘い。

恋人がいる男の部屋に来ることは、このような修羅場などありうることだと予想がつくではないか。

そうだ、いつも、自分は甘いのだ。

義郎が妻と別れて結婚しようと言って、そのあとの面倒でわずらわしい出来事の数々も、今日、金子の部屋での出来事も、本当ならば覚悟を持って引き受けないといけないはずなのに。

他人の男と寝るということは、そういうことだ。

訴えられても、家族や友人や職場から絶縁されても、仕方ないことだ。

それをわかっているはずなのに、痛い目にあっているはずなのに、どこまで自分は甘いのか。

そのたびに、こうして傷ついているのに、どうして懲りないのだ。

「私のほうこそ……私が悪い。部屋に来た、私が」

「でも部屋に来てって言ったのは、俺だから。嫌な想いさせちゃって、ごめん」

嫌、なのだろうか。

確かに傷つけられはしたはずだ。でも感情が固まっていて、何も考えることができない。

自分も悪いけれど、確かに金子も悪い。

甘党の金子のために、彼女がケーキを持参していたことに胸が痛む。結局なんだかんだいって、ふたりは仲の良い恋人同士ではないか。自分は金子とセックスすることだけを考えていてあんなふうには気遣いなどしたことがない。私は所詮、邪魔もので、さっきの彼女の言っていたとおり、好奇心でひっかけられて、それにまんまと乗った愚かな女だ。

私は自分が思ったよりも賢くないということに、いつになったら気づくのか。

この男が、自分を馬鹿にしていたことも、彼女の口から聞くまで、気づかなかった。

「彼女、どうするん？　追っかけて謝ったほうがいいんとちゃうの。このままやったら、本当に終わってしまうやん」

春樹は聞いた。年上ぶったきれいごとを言っていると自分でも思うけれど、そうやって取り繕わないと自分が壊れてしまいそうだった。

本音を言うと、金子と恋人が別れてしまうのは小気味よくもあったが後味が悪い。

何故なら、自分は金子のことを愛してないのだから。

もうこれ以上、人の幸せを壊したら、本当に地獄に落ちてしまう。

金子は答えず、ベッドに腰かけた。

「そうなったら、どうする？」

「どうするって」

思いがけない質問だった。どうするもこうするもないではないか。自分たちは、たまたま寝ただけの男女にすぎないのだ。

お互い、パートナーとでは満たされないものを埋めようとしただけだ。

「もうこれで、あいつとは終わるけど、全然、悲しくないことに今、びっくりしてる。とっくに終わってたんだな」

金子の目の周りが、言葉に反して赤くなっている。

泣きそうな瞳に、春樹の胸が痛む。

どうして本心でない言葉を口にするのか。傷ついてるのは、金子ではないのか。

春樹は言葉を発するよりも、この場から立ち去りたかった。

帰るべきだ、自分の家に。めんどうなことに関わってはいけない。自分も傷つかないうちに、帰らねば。

「冷静だね。あなたはどうしてそんなふうに、彼女がいるのに俺と寝たくせに、彼女を追ったほうがいいなんて言えるの？」

金子が春樹の肩を抱く。強い力に抗えない。

「そんなことも、ない」

「なんでそんなに冷静なの？　もし逆の立場だったらどうする？　ここに来たのが、彼女じゃなくて、あなたの旦那さんだったら」

夫の顔を春樹は思い浮かべる。

今、訪れたのが、夫ならば――。

責められたのなら、私はどう言うだろうか。

あなただって、奥さんと子供さんと仲良くしてるでしょと、理屈に合わないことでも言うのだろうか、いい大人なのに。

それとも、もうあなたとのセックスはつまらないのと、口にしてしまうだろうか。

だから他の男と寝ているのだと。

その時、夫はどうするだろうか。別れたいというだろうか。

こんな女のために、妻子と貯えと信用を失ってしまったのかと、後悔するだろうか。

そのほうが、きっと自分にふさわしい結末のはずだ。

でもきっと自分はただ謝るだけしかできない。

結局のところ、自分だってこの目の前の男と同じなのだ、変わらない。

重いのだ、何もかも。まっすぐに自分に向かってくるものの、全てが。

家族も結婚も、ひとりの男と向き合うことの重圧が怖いから、逃げてごまかしてきた。そのくせこうして刺激を求めずにいられない。

「この状況で、よくそんな他人事みたいな顔ができるよね、あなたは」

何も答えない春樹に、冷めた声で金子が語りかける。

「あなたを見ていると、ときどき、イライラするんだよ。彼女が言ったことは、本当。あなたみたいに自分以外の人間を見下している女を見ると、この手で組み伏せたくてしょうがなかった。お金目当てなんて彼女は言ってたけど、それは冗談だよ。でも、あなたのくだらないプライドを壊したくて寝たのは、本当だ」

金子は春樹を押し倒した。手首を握り、動けないようにされる。

春樹は抗おうとするが、思いのほか金子の力が強い。

手首に男の指が食い込んで、痛い。痕が残ってしまうではないか。

やめて、帰る、と言おうとした唇を塞がれて、力が抜ける。

「長女ってね、しっかりしようとして頑張るんだけど、甘え下手で、だから人を困らすようなことをして関心を引きたがる。そのくせ子供の頃から社会に揉まれているから、臆病で、ちぐはぐになるんだ。あなたは典型的な長女だと、最初から思っていたよ」

「長女」という言葉が、どうしてこんなに自分を傷つけるのだろうか。金子だけではない。風見も繰り返し「春ちゃんは長女だから」と言うのが、ほめ言葉じゃないことは知っている。

好きで長女に生まれたわけではないのに——。

太ももの間に金子が足を入れてくる。

中途半端に欲望を打ち切られた春樹の粘膜が熱く男の足に触れる。

「俺が、あなたのこと本気だ、旦那さんと別れて欲しいって言ったら、どうする？」

耳元で、金子が笑うように囁く。

答えを聞かずに、金子はいきなり春樹の両足をぐっと開き、股間の男の肉を差し込んでくる。

「え……ちょっと、待って……」

「何が待ってなんだよ。ずぶずぶと簡単に入っちゃったよ。俺の彼女を苦しめて泣かせた直後に、あなたはちゃんと濡れて受け入れることができるんだね」

否定できない。

拒もうと思えば、この状況を拒めたはずだ。人妻である自分が浮気相手の恋人に押しかけられた修羅場で、その男と恋人が別れるきっかけをつくってしまった状況で、セックスができるなんて本当に自分はだらしない。

けれど、口には出さないけれど反論もある。俺の彼女を苦しめて泣かせたと言うけれど、それは私ではない、あなたがしたことではないか、と。

私が悪くないとは言い切れないけれど、私のせいではない。

そう言いたいのに、口から漏れるのは喘ぎ声だけだ。

春樹は自分が一度も男に抗ったことがないことを思い出す。嫌われるのが怖いから、いい子になって愛されたいから逆らえない。

「こういうことできちゃうどころか、いつもよりあなたは感じてるだろ。すごく締めつけてくる。いけないこととして、感じてるんだろ。あなたはいつもそうなんだ。そうやって誰かを痛めつけることにより自分を傷つけないと、気持ちよくならないんだ。病気だね、可哀想な女だ。だから俺は欲情するんだよ」

そういう金子だって、いつもより腰を強く打ちつけている。

春樹を傷つけることにより、興奮しているではないか。

声が、いつもより大きくなる、部屋中に響き渡る。

春樹は身体を仰け反らし声をあげながら、さきほど出ていった金子の恋人が自分を侮蔑した表情を思い出していた。

あの可愛い女がそんな顔をせずにはいられないほど、私はいけないことをしてしまったのだ。

それは夫の妻も子供たちも、同じだ。

罪悪感は感じる——けれど、後悔はしない。後悔しないから反省もせず、同じことを繰り返してしまうのだ、私は。

「ああ、もう、すごくいい。我慢できない」

自分の声以上に、金子の声が大きくなる。

女のような、泣きそうな声が。

「ぁあっ!!」

咆哮をあげた金子が、春樹の上に覆いかぶさる。自分の身体を打ちつけるように。

どくどくと、自分の中に男のものが注ぎ込まれた瞬間、春樹の全身に鳥肌が立った。

金子は春樹の唇の中に、自分の舌をすべり込ませる。

執拗な動きに、粘膜と液体が下品な音を奏でている。

流し込まれた男の唾液を春樹はためらうことなく飲み込んで喉を鳴らした。

身体の節々に痛みを感じながら家に帰ると、夫の靴があった。

「おかえり」

リビングに行くと、夫が椅子に座り、珈琲を飲んでいる。

夫は珈琲が好きで、自分で淹《い》れないと気がすまない。春樹の淹れるものは納得いかないらしい。

きっと前妻の淹れた珈琲は美味しく飲んでいたのだろう。

「あれ、帰ってたんや」

春樹は動揺が顔に出ないように気をつける。今日、夫は前妻と子供の家に泊まるはずだったのでは。だから金子と会っていたのに。

「ああ、向こうの親戚に不幸があってね」

もう髪の毛はほとんど白髪になっている夫。

ブランドの眼鏡は春樹が買ったものだ。夫は身の回りに構わないし、安物でも平気だ。

自分と結婚して老け込んだような気がするのは気のせいだと思いたい。

最初に会った頃は、穏やかで清潔感のある年上の男だったのに、今はただの疲れ切った中年男だ。

役所勤めの中には、高学歴ゆえもあるだろうが、敬語を使わず傲慢さを隠そうともしない、特に女性に対して高圧的な男が多い。京大卒の女である春樹に対しては、「女は賢すぎるとお嫁にいけないね」なんてことを言う男もいた。

義郎は、そんな中で常に謙虚で、誰に対しても公平だった。自分のミスもきちんと認め、教えを乞う。その誠実さに惹かれたのだ。

携帯電話の待ち受け画面は子供の写真で、そうやって家族を大切にしているところも、好感を持てた。

いいお父さん、幸福な家族——だからこそ興味を持ち、一線を踏み越えてしまった。

そんなものはたやすく壊せるのだとわかった時に自分にもたらされたものは、勝利の感情よりも虚しさだ。

「いいお父さん」だった頃の夫は、あんなにも魅力的な男に見えたのに、いつのまに、色あせてしまったのだろう。

人目をはばかる恋人であった頃は魅力に思えた全てのものが、日常を共にする夫となってしまえば、退屈さ以外の何物でもなくなった。

でも、夫をそうしてしまったのは私だ。

「話があるんだけど」

義郎が申し訳なさそうな表情を見せ、春樹は胸の鼓動が速まる。

まさか、金子のことが……と、一瞬冷たいものが脳裏をよぎる。

「子供たちがね……友達とかが休みのたびに家族旅行とかしているのが羨ましいらしくて……だから、ゴールデンウィークは今からだと間に合わないけど、その次の週末でもいいからどこかに連れていってくれないかって、頼まれちゃってね」

力が抜けた。どっと疲労がこみあげてきた。

「でも、さすがにさ、こうして泊まりに行ってるのも春樹に悪いし、もう別の家庭なんだからって思うんだけど、子供に頼まれたら断れなくて。申し訳なさもあるし。今どき離婚家庭なんて珍しくはないけど、それでも肩身の狭い思いをさせちゃってるから。下の子にさ、前にね、ディズニーランドに連れていくって約束してて、それが果たせてないんだよ。クラスの中で、行ったことのない子は少ないらしくて……不憫でね」

夫は申し訳ないと言いつつ、その表情に悦びを隠せないでいる。

子供と夫だけではなく、前の妻も行くのは間違いない。

テーマパークなんてものに春樹は興味もないし縁もない。こんな機会でもないと夫も行くこともないだろう。

幸せな家族の象徴のような気がする場所なんか、自分は行くことはないし、行きたくもない。

きっとこの人は自分と出会わなければ、幸せな家族のままでいられたのだ。

私がこの人の幸せを奪ったのだ。

「私に遠慮しんでいいよ。お子さんたちを大事にしなね。私はもう、大人なんやから、そのへんの事情もわかるし、行ってきたらいいやん」

春樹は精一杯の笑顔をつくる。

優しい妻を、演じることができただろうか。

自分が壊した家庭を配慮する、できた妻に。

「ありがとう！」

夫は雨雲が去り青天を迎えたような晴れやかな笑顔を見せた。

子供たちとの時間が、何よりも楽しみなのは、隠しきれない。

「春樹の実家が近くにあって、助かるなぁ」

「え？」

「僕がいない時は、下鴨の家に行くんだろ？　そうやって温かく受け入れてくれる家族が春樹にはいるから、僕も安心できるんだよ」

安心――そんな感情を抱かれているなんて、夢にも思わなかった。

どうして、夫は私のような女を信頼してくれるのか。

夫の家族を壊し、今はまた、他の男と寝ているようなろくでもない女なのに。

「春樹がしっかりしてるのは、あの大きな家でたくさんの家族と一緒に、長女としてちゃんと愛されて育ったからなんだろうな。本当に立派な家だよね」

春樹はもう、夫のほうを見られない。

あの家は、偽りだらけの家なのだ。自分は愛されてもちゃんと育ってもいないし、ましてやしっかり者の長女のはずがない。

誰よりも心に欠損を抱えている、いつまでも大人になれない女なのに、夫は何ひとつ、自分の本当のところを見ていないのだ。

金子よりも、風見よりも、夫は自分をわかっていない。

一番、わかって欲しい存在なのに、夫が好きなのは、自分がつくりあげた上っ面の偽りの自分だ。

私は私自身ですら騙しとおすことができないのに、夫は私に騙されている。

「お風呂、入るわ」

春樹は鞄を寝室に置き、風呂場に向かう。

鏡の前で、さきほどまで金子に抱かれていた身体を晒し、湯船に浸かる。

ここでは孤独でいられる、ここでは本当の表情を出せる。

さきほどの夫の晴れやかな表情を見た瞬間、喉の奥に何か塊を押し込まれたような気がした。

自分はいつか夫に捨てられるのかもしれない――。

初めて、そんな予感がよぎった。

偽りのない「春樹」を知られたら、嫌われるのでは、と。

「俺が、あなたのこと本気だ、旦那さんと別れて欲しいって言ったら、どうする？」

本音じゃないのはわかっているのに、さきほどの金子の言葉が鳴り響いていた。

逃げ場をつくろうと、その言葉を信じたくなっている自分がいることに気づいて、春樹は湯に深く潜り、叫びだしたくなる衝動をこらえた。

第二章　美夏

鏡を見るたびに、母のことを思い出さずにはいられない。

毎朝、顔を洗い薄化粧をほどこしながら、鏡に映る母に似た自分の顔を見るたびに、美夏は血のつながりというものの呪縛を痛感する。

既にこの世に母はいないのに、いつまで私を捕えているのかと。

お母さん。

小さい頃から、母に似ていると言われ続けた。

お人形のように、舞妓さんのように愛らしい母に似ているということは、褒め言葉であるのはわかっている。

自分よりも、妹の秋乃のほうがそっくりなのだが、秋乃と並んでいると、双子のようだと言われた。

四人姉妹で、長女と末っ子は母の面影を残してはいないのに、次女と三女は誰がどう見ても母の子なのだ。

けれど美夏はこの顔が好きではなかった。

生まれ変わるなら、姉の春樹のような「大人」の顔がいい。童顔は年をとると老いが目立つし、子供の頃から、幼い者のような扱いをされることにうんざりしてきた。幼さというのは、愚かさでもある。

三十七歳となった今は、これからこの若い顔のままで老けていくことが怖くなっている。

母は確かに見かけどおり愚鈍で幼い女だったけれど、自分は違う。

顔は母に似ているけど、中身は全然違うよね――少しでも美夏を知る者たちには、必ずそう言われた。

おっとりしてお嬢さんの母。家事も苦手で、商売も下手で、お人形さんのように庭を眺めてぼんやり猫と日向ぼっこしていることが一番幸せそうだった母。

いつもにこにこしていたのは、難しいことや面倒なことを当たり前に避けてきたから、他人事でいられたのだ。

店が他人の手に渡った時も、父はひたすら関係先に頭を下げてまわっていたのに、母は平気そうだった。

その様子を見ていて、父が哀れで母が疎ましくなった。

母のように、お嬢さんのまま大人になって、人の親になってしまったことは悲劇だ。

時代は人を置きざりにして変わる。自分を取り巻く世界はいつまでも同じなんてことはないから、世の中を学び、他人を見て、自分も変化しなければいけないのに、それができない人がいる。

祖父と祖母が母を可愛がりすぎたのだと、母の姉である伯母はよく言っていた。

子供の頃、言葉が出ない子供だった母を両親が可愛がったために、伯母は反発して駆け落ち同然で家を出た。そして母が婿養子をとり料亭を継いだのだが、その婿養子――自分たちの父――は、人は好いが商売の才覚はなく、赤字を出してついには店を手放すことになってしまった。

父は婿養子として慣れぬ商売に必死で取り組んで気疲れしているのに、それをいたわることもなく、子供を産んでも自分を可愛がることだけにいそしみ、ひとりだけ花畑の中でのうのうと生きてきた母のことを、年を経るごとに軽蔑するようになった。

母が娘たちを可愛がらなかったわけではないけれど、自分のアクセサリーのように着飾らせていただけだ。自分や姉の春樹は幼い頃からそこから逃げるようになっていたけれど、三女の秋乃はまんまと母のおもちゃになっていた。

秋乃が三十歳を過ぎても、手に職をつけるわけでもなく、結婚を焦るわけでもなくゆったりと暮らしている様子は、母を彷彿させる。

秋乃は容姿も中身も母に似て、誰かが全て何とかしてくれると、永遠に自分は守られていると信じているのではないだろうか。

伯母の香代子と相談して、秋乃には何度か見合いをさせたが、全て秋乃のほうから断っていた。いつも秋乃の言葉は同じだ。

「いい人なんやろうけど、結婚する気にはなれへんわ」

秋乃は結婚に何を期待しているのかと、腹立たしくもなる。平和な家庭を築き子供を産み育てることが結婚なのだから、「いい人」でいいではないか。「いい人」ならば、一度会って断ることなく、試しにつきあってみるのもいいだろうに。

要するに秋乃は傲慢なのだ。ただ母よりもタチが悪いのは、自分は選ぶ側だからもっと条件のいい男をと望み続けているのだろう。三十歳を超えても焦る様子がないのは、自分はそれだけの価値がある女だと思っているのだろうか。

理想的な男など滅多にいないし、そういう男が現れても好きになるとは限らないのに。

だいたい、確かに秋乃は年齢よりも若く見え、美しくはあるけれど、世の中にごまんといる程度の「美」にすぎない。家はとっくに財産もなく、たいした能力もないうえに三十路を過ぎてしまった自分を何様だと思っているのだろうか。

秋乃は、よその人間から見たら、「おとなしくて可愛い」いいお嬢さんかもしれないが、わがままでいつまでも子供なのだ。

姉の春樹だって、他人に迷惑と心配をかけるような恋愛ばかりを繰り返してはきたが、ひとりでも生きていけるような仕事を持ち、収入も得ているから、その分、好き勝手に生きても文句は言えない。

秋乃は御所の近くにある小さな美術館で働いてはいるが、契約社員という身分で、いつどうなるかわからない。

ずっと家にいるつもりなのだろうか。結婚せず、これから先、仕事を失うことがあっても、家があるからと安心しきっているのだろうか。

美夏は時折、老いた秋乃を自分が世話しているさまを想像すると、なんとも嫌な気分になった。自分は姉妹だからまだいいけれど、自分の子供たちにのしかかってくるなんてごめんだ。

家事だって、ろくにできない。秋乃の料理は美味しくないし、掃除も大雑把なので、結局家のことは全て美夏がやるはめになっている。

将来のことを考えて、きちんとした人と結婚してくれればいいのにと思うが、お見合いも、秋乃が断り続けるので、今はもう匙を投げてしまった。

秋乃は、父と出会わなかったら、こうなっていたであろう母の姿だ。

父がいたら、秋乃に何か言ってくれるだろうに。

父は、娘たちがいけないことをするときちんと叱ってくれる人だった。

不条理な怒りではなく、何が悪いのか、どうしていけないのかを言い聞かせてくれた。

いつか大人になって社会で生きていくために、いけないことはいけない、良いことは良いと、やさしさと厳しさをバランスよく教えてくれた。

母には怒られたことがない。それはやさしさではなく、無関心だったのだと今ならわかる。

母は子供たちが、父が、家がどうなろうと、知ったことではなかったのだ。いつまでも、止まった時間の中に生きていた人なのだ。秋乃はそんな母の悪いところをまんま受け継いでいるように見える。

母のようには、なりたくない。

顔が似ているからこそ、そう思って生きてきた。お母さんに似てるねと言われるたびに、「違う！」と叫びたい衝動をこらえたこともある。

美夏は、姉のように勉強はできなかったけれど、大学は家政科に進み栄養士の資格をとった。いつか何らかの形で父の手伝いをするつもりだった。

だが店が人手に渡り、その必要がなくなってしまったため、大学を出ると栄養士として病院に就職した。

就職して二年たった頃に、伯母の紹介で見合いをして、今の夫と結婚したのだ。

夫は、背は自分とそう変わらない。姉の春樹より低いぐらいだ。出会った頃はそうでもなかったのに、今は肉がついて「くまさんみたい」と息子たちに言われている。にこにこと笑う、人の好い男。穏やかで真面目な男――。お見合いの席で話をして、父に似ていると思って安心感を覚えた。

この人ならば、一生、傍にいられるのではないか、と思ったのだ。

ときめきや激しくこみあげる恋情はなかったけれど、そのほうがきっと平和な家庭を築けると確信した。

夫の伊久雄と知り合う前に、恋人はひとりだけいた。

女子大時代に知り合い、三年つきあったが、男が大学を卒業して、実家のある東京に就職したため遠距離恋愛になり別れた。

最初は、友人を通じて熱烈な想いを伝えられ戸惑ったけれど、会ってみたら気が合って恋人同士になった。

楽しい時間を過ごしていたし、嫌いになって別れたわけではない。

結婚して東京に行くという選択肢が自分の中にはなかったから、別れるしかなかった。京都を出ることは、自分にとって勇気がいることだった。

それでもその男のことが好きならば、勇気を振り絞ることもできたはずだ。

けれど一度だけ会ったことのある東京に住む彼の母親が、美夏のことをひとめ見て、気に入らないという表情に変わったことが、ずっとひっかかっていた。

京都のいいとこのお嬢さんなんて、私たちのような平凡な中流家庭を馬鹿にしてそうだから、一緒になったら苦労するだろうと息子に言ったらしい。プライドが高いだろうし、周りとのつきあいも大変そうだし、だいたい、京都の女はイケズで裏表があるというではないか——と。

それはこっちの台詞だと美夏は反論したかった。

恋人の母親が、美夏のことを見下していたことぐらい気づいていた。

京都の女はプライドが高いだの裏表があるだの、くだらない偏見で人を判断しながらも、実のところ、老舗料亭なんて、所詮水商売じゃないかという侮蔑が言葉のはしばしに感じられたのだ。

この母親とやっていくのは無理だと思って別れを告げた。

「美夏が京都から離れられないことはわかってたよ。俺より、京都のほうを選ぶんだな」

と言われても、そのとおりなので胸は痛まなかった。

男の母とのいきさつは、次に誰かとつきあうのなら、きちんと周囲に祝福され、自分の納得できる「結婚」ができる相手じゃないと嫌だと、美夏に決意させた。

伊久雄ととんとん拍子に話が進んだのは、美夏の両親と夫とのウマがあったからと言ってもいい。

夫は長男だったが、父親は幼い頃に亡くなり、母親は再婚して今は別に家庭を持っていたので、しがらみも薄かった。

さほど稼ぎがないことを察してか、両親は家の離れが空いているのだからそこに住んだらいいと勧めてくれて、それに従った。

夫の「高階」という姓になったけれど、形はほぼ婿養子のようなものだ。

美夏は結婚してすぐ妊娠をし仕事を辞めたが、何かしら手に職を持っていたくて、和裁を習いはじめた。

着物が好きになったのは大学を卒業してからだ。

子供の頃は、母の着せ替え人形になるのが嫌なのと、着物だとさらに母に似ていると言われることに抵抗があったのだが、学生時代、友人に頼まれて着物のモデルを何度かしたことがきっかけで、好きになりはじめた。

幸い、家には母の着物がたくさんある。

ふたりの息子たちが小学校に入って少しばかり時間ができたので、母を亡くしたこの家で、美夏は家事や庭仕事をして、合間に和裁の仕事をする。

父がある日いきなり家を出たことは驚きだったし、悲しかった。けれど、きっと父だって、今までため込んできたものがあったのだということぐらいは察することができる。

それは理解できなくもないけれど、父まで、母や姉や妹たちと同じく、自由をはき違えて好き勝手に生きるのかと思うと、内心腹立たしく裏切られた気持ちだった。

「ただいま」

「お帰り」

母屋から離れに戻ると、夫はまだ起きてパソコンに向かっていた。

「子供ら、寝てる？」

「よく寝てるよ」

美夏はそっと子供部屋に行き、音を立てぬように気をつけながらドアをあける。

二段ベッドから、寝息が聞こえてくる。

クーラーの温度は高めに設定してあるから、暑くてタオルケットをはねのけておなかを出していないか、あとで見にこなければならない。

眠る子供以上に、心を和らげてくれる愛らしい存在はない。

この子たちと寝室が別々になってしまったことが本当は寂しい。

同じ部屋で寝ていた時は、いつでもその寝息を聞くことができたのに。

「あいつらも自分の部屋が欲しいだろうし、いつまでも親と一緒に寝るもんでもないだろう」

そう言って、夫が隣の部屋に二段ベッドを購入しようとした時には、少しばかり抵抗もした。

夫が、子供と自分たちの部屋をわけた目的は、別にあることもわかっていた。

子供がいたらできないな――。

何度もそう言われていたからだ。

美夏は風呂場に行き、湯をためようとスイッチを入れる。

京都の夏は暑いけれど、年々その暑さが増しているような気がする。夫や子供たちはこの季節はシャワーで汗を流すだけでいいと言うが、美夏はどうしても湯船に浸かりたかった。

もともと離れには風呂はなかったが、結婚した時に、父が風呂場だけ増築してくれた。

とはいえ、母屋の檜風呂が広くて手足を伸ばせて心地いいので、夫の帰りが遅い時などは、つい母屋で過ごしてしまう。

明日は夫の仕事は休みだから、求めてくるだろうか。

夏は特に億劫だ。汗だくになりシーツを汚してまでも、しなくてはいけないことなのだろうか。

ため息がこぼれるのを夫に悟られないように気をつける。

「お姉ちゃん、来てるんよ」

「あれ、そうなんだ。春樹さんもなんだかんだ言ってよく来てるね。仲の良い姉妹だなぁ」

「そんなこともないいんやけどな。仲悪くもないけど、特別仲が良いわけでもないと思うで」

仲の良い姉妹、仲の良い家族に、他人からは見えるらしい。

けれどお互いをそんなに好きとかいうとそうでもなく、ただこの家から全員離れたがらないから、結果的に一緒にいることが多いというだけなのだ。

母が亡くなり、父が家を出た今となっては、本当に家という場所だけでつながっているにすぎない。

母が生きていた頃から、この家の「母役」は自分だった。

姉は人に言えぬような恋愛を繰り返し、家を顧みることもなく、好き放題に生きてきた。

秋乃は母と同じく、他人に構うことなく家に居着いて離れる様子はないが、そのくせ自分から何かをすることもない。

末っ子の冬香は、甘えない子供だった。

冬香だけは姉妹の中でただひとりだけ、高校卒業後、京都を出ることを選択した。

東京の大学に行き、卒業後も東京で働いていたのに、何故か帰ってきてしまった。

仕事をクビになったからと本人は言っていたが、それだけではないことぐらいは美夏も察していた。

冬香が帰ってきてから、差出人の名前のない冬香宛ての手紙が何度か来たし、無言電話もあった。

一度、気になって、「冬香、何か困ったこととかあったら、お姉ちゃんには遠慮なく言うてな」と言ってみたこともある。

「何もないよ。気にせんといて」

と、冷たく躱《かわ》されて、親切心で言ったのにと腹立たしくなったが、ぐっと抑えた。

ただ、何かトラブルに巻き込まれているのかもしれないと、戸締りには気をつけている。

夫が同居していることに安心する。女所帯でこの大きな家に住むことは物騒で仕方がない。門構えだけ見たら、どれだけの金持ちだろうかと勘違いされるから、空き巣に狙われやしないかと気になるのだ。周りにも同じような大きな家はあるが、警備会社と契約してセキュリティシステムを導入しているらしい。だが月に何万かかかるのかと思うと躊躇してそのままになっている。

父親がいなくなったからこそ、夫がこの家にいることが心強かった。夫が腕っぷしが強いかといえば全くそうではないけれども、大人の男がいるのといないのとでは、安心感が違う。

住居を探す友人たちが「一軒家よりもマンションのほうが防犯の面で安心」と言うのもわかる。この大きな家に住むことは居心地が良いけれど不安が伴う。

姉の春樹は四十路を前にようやく結婚したが、それも不倫略奪という、美夏からしたら納得できる形ではない。

相手の男には自分と同じように、子供がふたりいると聞いた時は胸が痛んだ。

姉に対しても、家族を捨てた男に対しても祝福などできるわけがなかった。

姉の夫が悪い人ではないことぐらいわかっているが、どうしても子供を捨てて女に走った男と顔を合わせる気にはなれない。向こうもそれを察しているのか、この家に来ることは滅多にない。

子供の頃から成績優秀で優等生の姉が、どうして恋愛に関しては間違ったことばかりしているのかが不思議だった。

中学高校と、姉と同じ私立の付属だったから、教師たちは皆、春樹のことを褒めそやした。成績優秀な姉は自慢の存在でもあったのに、姉は公務員の職も不倫の末に捨てざるを得なかったことが苦々しい。

「賀茂の家」の娘は、この街では目立つのだ。

姉の素行の問題を他人から聞くこともあり、そのたびに否定して打ち消してきたが、時には「お嬢さんで世間を知らんから」というような言われ方をするのが不愉快だった。

居間に戻ると、夫はまだパソコンを開いていた。仕事をしているわけではない様子だ。

「お風呂、沸いたよ」

美夏が声をかける。

「母屋みたいに広い風呂やったら、一緒に入れるんだけどなぁ」

夫のつぶやきを聞こえなかったふりをして美夏は台所に行き、冷蔵庫をあけて水を取り出して飲んだ。

いったんひいたはずの汗が垂れて胸の谷間に流れ込む。

お風呂ぐらいはひとりでゆっくり入ればいいじゃない、という言葉を水と共に呑み込む。

だってこの家には子供たちがいる。そしてすぐ傍の母屋には、妹や姉もいる。

そんな環境で、どうして夫はそんなにいやらしいことを必要以上にしたがるのか、理解できない。

お風呂なんて、ひとりになれる貴重な時間なのに、夫と入ってそういうことをするなんて信じられない。

この家は、私の家なのに――生まれ育って、家族と暮らしてきた家なのに――汚されるようで不愉快だった。

本当は夫とそういうことをした翌日に、家族と顔を合わすことだって、結婚当初は恥ずかしくてたまらなかったのだ。

いい夫だ。一生の伴侶として、この人と結婚したことは間違ってはいなかった。

時折、家事も手伝ってくれるし、子供たちの面倒もよく見てくれるから、自由もきく。

浮気なども、多分、していないだろう。そんな器用な男には見えない。

そういうところも、父に似ていると思う。

父も母以外の女には目もくれなかったはずだ。

なのに母は――。


上の子の瑞貴は小学校五年生で、下の子の光は小学校二年生になる。

兄の瑞貴は男の子にしてはおとなしいのが気にはなるが、ふたりとも素直でいい子だというのは親のひいき目ではないだろう。

弟の光が小学校に入ると子供部屋で寝るようになり、夫婦の寝室が新婚の時以来の、ふたりきりになった。

その翌日から、夫は待ってましたとばかりに求めてくるようになった。

結婚してすぐに子供ができて、妊娠中とその後しばらくはホルモンの関係なのか、セックスが苦痛でしかなかった時期があったが、それでは夫が可哀想だと、求められたら応えるようにはしていた。けれど、夫の欲望を解消させるためだけに自分の身体が使われているのだと思うと、虚しくなった。

夫だって、つまらないだろう。察していただろう、美夏の心境を。

いやいや応じられていることに気づかないわけがない。

例えばこれが男女逆であれば、「乗り気ではない」とわかった時点で、諦めると思うのだが、男は、それでも求めてくるのだ。

欲情していない女を抱いて、何が楽しいのか、わからない。

断乳してしばらくすると、セックスに対する嫌悪感はなくなったが、次に妊娠した時、今度ははっきりと夫を拒否した。

その気はないのに、上に乗られて身体を触られて、申し訳ないからとわざと出す自分の声にもうんざりしていたから、もう勘弁して欲しかった。

濡れないからと、買ってきたローションを使われて挿入され、必死に腰を動かす夫を下から眺めていると、まるで自分が人間ではなくて、男の性欲を解消するためにつくられた人形のような気がして虚しくてたまらなかった。そんな行為は、こりごりだったのだ。

美夏に拒否された夫が、ひとりでしている様子はあった。

アダルトのＤＶＤや雑誌が簞笥の中に入っているのを見つけたこともあるし、ふと夜中に目が覚めると、隣にいる夫が手を動かす気配を感じたこともある。

インターネットを手に入れてから、夫が頻繁にアダルトサイトを見ているのも知っている。うっかり電源を入れたままの夫のパソコンを触ってしまい、現れた女の裸の画面に嫌悪感がこみあげてきて、それからは二度と見るまいと誓った。

妻が相手をしないからと、見知らぬ画面の中の女に欲情できることが、不可解で気持ちが悪い。

仕方がないのだ、男はそんな生き物なのだと自分に言い聞かせようとしたけれど、不愉快になるのは抑えられない。

もちろん、世の中には性に対する様々な種類の欲望があることぐらいは知っている。

けれど、それについていけないのだ。

それにここは自分の家だ。「賀茂の家」は手放してしまったけれど、祖父が贅を尽くして、日本家屋の美しさを生活の中で楽しもうとつくりあげた家なのだ。

そんな家にいやらしいものは似合わないし、だいたい、美夏はポルノ雑誌やビデオに対して昔から嫌悪感しか抱けなかった。

美夏は、夫と、以前つきあっていた男のふたりしか知らない。

最初の男とは好奇心で貪り合っていたし、夫ともそれなりに楽しく交わっていた時期があったから、セックスが嫌いなわけではないつもりだ。

だからといってそれほど重要なものとは思えないし、自分からしたいとも思ったことはない。ましてやしなくても全然平気だ。

けれど、夫はそうではないらしい。

ふたりの子供を出産し終え、夜の営みが再開されたが、子供が隣で寝ていることを言い訳に、回数は減った。

家じゃゆっくりできないからと、子供を妹たちに預けてラブホテルに行ったこともある。

夫は広い風呂で石鹸を塗りたくり身体をこすりあわせてきたが、美夏はぬるぬるするだけで何が楽しいのかわからなかった。

浮気もしないし、風俗にも行かない、真面目な夫。

自分だけを愛してくれる夫。

いい夫なのに、その欲望と好奇心を自分は受け止められない。

セックスの欲望の形さえ一致しているなら、夫に何も不満はないのに。

どうして、男は、欲望の形をはみ出そうとするのだろう。

そして女は欲望の形を壊そうとする。

上の子の瑞貴が、夫のパソコンを触っているのを見つけたのは、一年前のことだった。

美夏の目に入ったのは、女の裸の画像だった。

「瑞貴、やめて！」

美夏が声をあげると、脅えた表情で瑞貴が振り向いて、罪悪感に胸がつまった。

子供にこんな大声をあげるまいと、気をつけてきたはずなのに、自制できなかったことが悔やまれる。

男の子だから、こういったものに興味があるのはおかしくないことぐらいはわかるけれど、まだ早い。

子供に対してよりも、無防備にこうして「証拠」を残している夫に腹が立った。

自分の息子が性というものを知る年頃になったのだと思うと、美夏は成長を喜ぶのではなく暗い気持ちに支配されてしまった。

だからこそ、子供と部屋が別々になったとしても、夫婦で性の匂いを醸し出すことは、教育上よくない。

いっそ、完全にやめてしまってもいいのだ、男と女であることを。けれどそれではあまりにも夫が可哀想だからと、我慢して応えているのに。

美夏が風呂から上がると、夫は布団の中で裸になっていた。

美夏が咎めた目をしてしまったのだろうか、「暑いから」と言い訳を口にする。

暑くとも、自分は寝間着のボタンを上まできっちり留めている。

夫婦のずれた行動に、ため息が出そうになる。

「美夏」

夫が美夏の手を握り布団の中に導いて、抱き寄せる。

夫の湿り気のある手のひらが不快で仕方がない。

美夏は目を閉じ、パジャマを脱がされ、ゆだねる覚悟を決めた。

目をつぶって、声を出して、終わるのを待てばいいのだ。これはいつもの儀式なのだから。

男のどうしようもない性欲を受け止めることも妻の役割なのだと、上になった夫からしたたる汗を浴びながら美夏は自分に言い聞かせる。


夏に目覚めるのが早くなるのは、夜が明けるとともに聞こえる蝉の声のせいだ。家の庭なのだろうか、それとも糺の森なのか、無数の蝉の声で起こされる。

汗ばんだ寝間着を洗濯機に放り込み、美夏は朝食の用意をはじめた。夫はまだ眠っているが、久々の営みにすっきりしたからなのか。それはそれで何故か腹立たしかった。

子供たちは夏休みだけれども今日は朝から学校のプールに行った。昼過ぎには戻ってくるだろう。

昼前にようやく起き出した夫と母屋に向かった。もらいものの三輪素麺があるから一緒に食べようと昨夜話していたのだ。

庭に面した母屋には日除けに竹のすだれがかけられて、金魚柄の風鈴が揺れている。風鈴は、夏に五条坂で行われる陶器市で数年前に秋乃が買ってきてくれた清水焼だ。

毎年八月の頭に行われる陶器市は全国から何百軒もの陶器屋が軒を連ね壮観だったが、子供連れの身で行くことは難しい。

秋乃はそういうものが好きで、毎年行っていた。今、床の間にある花瓶も、客用の皿も、秋乃が陶器市で購入したものだ。

骨董品などもたまに小さなものを買っているようだが、見るのも好きらしく、毎月二十一日に行われる東寺の「弘法さん」という賑やかな市にも出かけている。美術館で働いているだけあって、センスもいい。

竹のすだれに風鈴は涼しげな風情を漂わせるが、それは見かけだけで、この京都の夏には誰も抗うことができず、ガラス戸を締め切りクーラーをかけている居間で、春樹と冬香がテレビを見ていた。秋乃はこの暑いのに、どこかに出かけたらしい。

春樹は化粧もせずにタンクトップとショートパンツから手足を剝き出しにして、すっかりくつろいでいる。まるで普段からこの家に住んでいるかのように。

いくらなんでも実家に帰りすぎだと心配になることはあるのだが、家が賑やかなのは安心する。

美夏がエプロンをつけ、素麺を茹でようと台所に向かう背中に、冬香の声が聞こえてきた。

「お義兄《にい》さん、――――、観た？」

伊久雄に喋りかけているのだ。

冬香と伊久雄は共に映画が好きで、いつも映画の話をしている。

「いや、まだ。冬香ちゃんは」

「私もまだやねん、お義兄さんの反応がよかったら行こうかなって思っててんねんけど」

冬香は姉たちよりも、伊久雄に話しかけることのほうが多い。

冬香は何を考えているのかわからないところがあって、美夏も秋乃や春樹相手のようには気楽に物が言えずにいた。

でも、それは仕方のないことなのだ。

冬香は自分たちとは違うのだから、気を遣ってやらなければ。

「ご飯食べたら一緒に行ってきたら？　子供は私が面倒見てるから」

美夏はタオルで汗をぬぐいながら水を張った大鍋を火にかけると、居間に戻り冬香と伊久雄に声をかけた。

ふたりがその言葉を待っているような気がしたのだ。

「そやなぁ、冬香ちゃんさえ嫌じゃなかったら。こんなおっさん相手じゃ夏は特に暑苦しいかもしれんけど」

「全然お義兄さんとやったらいいですよ。周りの友達とは映画の趣味合わへんから、つまらへんねんもん」

ほな、ご飯食べたらすぐに出られるように準備してくるわ、と冬香が立ち上がり、スカートから、すらりとした形のいい脚が見える。

自分が目を奪われたのと同時に、夫の視線がそちらに行ったのも見逃さなかった。

冬香は母に似ていない。だからといって春樹のような凜々しい顔立ちでもない。

美人とは言い難い、平凡で地味なつくりではあるが、時折自分たちにはない艶《なま》めかしい仕草を見せる。冬香には、姉の自分が踏み込めない複数の男の影を感じていた。

素麺を食べ終えると、すぐに冬香と伊久雄は出ていった。

昼食の準備も片づけも手伝わずに遊びに行った冬香に、美夏は複雑な想いを抱きながらも、どこか安堵していた。

なんとなく、休日を夫と過ごすことが、重い気分だったのだ。

昨日、久しぶりにセックスをして、うんざりしてしまったからかもしれない。

夏の営みは特に鬱陶しい。夫の汗が自分の身体を伝うのが、嫌なのだ。

こんな体力のない季節に、よくもする気になるものだ。

それにしても、こちらが留守番を引き受けてふたりを送り出したのだから、冬香は自分にひとことぐらい感謝の言葉を言ってもいいのにと思う。

「お姉ちゃん、帰らんでいいの。旦那さんにご飯つくったりしぃひんの？」

美夏は春樹に声をかける。

「適当にしてはるやろ。向こうもひとりになりたい時あるやろし」

こちらを見ることもなく、そっけなく春樹が答えた。

本人はどこまで自覚しているのか知らないが、春樹は夫に冷たい。

人を不幸にしてまで欲しいと願って、一緒になった男じゃないのか。

春樹はそもそも、家庭を持つとか、誰かの妻になることが向いていないのではないだろうか。結婚にも「結婚する才能」が必要ではないのかと、最近は、春樹を見ていて考えるようになった。

「休日なんやから、それこそ夫婦ふたりで映画を観に行ったりしぃひんの？」

「暑いからあんまり外出たないねん。それに映画館行くよりも家でＤＶＤ観るほうが好きやわ」

それは美夏も同じだ。

「秋乃は？」

「なんか女友達と会うんやって言うてたで。どっかお寺の夏の特別公開に行くみたい。あの子、そんなん好きやんかぁ」

「女友達かぁ……」

「あの娘、ほんまに男っ気ないなぁ。不思議でしゃあないわ」

春樹は伊久雄がいなくなったからなのか、だらしなく寝転がっている。

「心配やわ、秋ちゃん」

「別にいいんちゃうの。美夏は心配しすぎやわ。秋乃はぼーっとしてるように見えるし幼いねんけど、あれぐらいの歳でふらふらしてる娘、珍しないやん」

「お姉ちゃんはそう言うけど、もう三十歳過ぎてんねんで、あの子」

「三十歳過ぎて独身の女なんて、そこらじゅうにおるって」

「そやけど……」

「それよりも、秋乃はほんまに男に興味がないんか、その辺が不思議やわ。可愛い顔して、もてるやろうになぁ。私から見たら、羨ましいてしゃあないのに」

春樹はそう言うと、大きな欠伸をしたあと、言葉を続ける。

「冬香、伊久雄さんとはよぅ喋んねんな」

美夏はお茶を飲みながら、背を伸ばした。

「私らと一緒にいる時は、自分からはそんなに喋らへんもんな。姉妹より、他人のほうが、気楽なんかな。あの子は子供の頃から、どうもよそよそしいところがあって、東京に行ってもうた時は、この家が嫌いやったんかなって思っててん。でも結局、戻ってこうして家にいるから、そうでもないんやろな」

春樹はどこまで知っているのだろうかと、美夏は顔色を探るが、特に何かを含んでいるような様子もない。

春樹は、やはり知らないのだ。

冬香が、自分たちとは半分しか血がつながっていないことを。

伊久雄と冬香の話はこれ以上したくないと、美夏は立ち上がる。

「出町の商店街に買い物行くけど、お姉ちゃん、なんか欲しいもんある？」

「ふたばの豆餅、ふたつ。もし大行列だったらいいけど」

「暑いからそんなに行列してへんのちゃう？　豆餅でいいの」

「豆餅がいい。あっこの豆餅、ほんま美味しいから、夏で食欲が衰えても食べたくなるねん。葛餅も好きやけど」

「ほな、あったら葛餅も買ってくるわ」

「暑いのにおおきにな、美夏。今度、四条のほうへ行ったら、なんか買ってくるわ」

「マールブランシュのモンブランがいい。プリンも。あそこはモンブランが有名やけど、フレッシュプリンも美味しいねん」

「わかった」

「お金渡すから、秋乃と冬香の分も買っといて」

「いいのに。こういうことだけは長女らしいことさせてぇな」

そう春樹が言うと、美夏は笑みがこぼれた。

美味しいものを教え合い、それぞれ持ち寄るのも姉妹の醍醐味かもしれないと思いながら、財布と保冷バッグを手に家を出た。

玄関をあけた瞬間から、汗が噴き出る。

この庭も、池に水が張ってあったら少しは涼しげだろうにと、そちらを眺めながら門へ向かった。

焼けつくような日差しを日傘で除けながら糺の森の傍を歩く。

家から歩いて五分ほどのところにアーケードの商店街があった。

こぢんまりとした商店街だが、そこそこ活気があり、子供の頃から馴染みのある場所だった。

姉にリクエストされた豆餅で有名な「ふたば」には行列ができていた。姉はいいと言ったけれど、これぐらいの行列なら並ぶのは苦痛ではないから、スーパーで食料品を買ったあとで行こう。

「美夏ちゃんやないの」

入口の菓子屋の前で、いきなり声をかけられて振り向くと、料亭で昔働いていた柏木という女がいた。定年まで勤めてくれたはずだ。

太っているせいか汗だくで、肩にかけたタオルで汗を拭っている。

「暑いなぁ、たまらんわ」

「柏木さん、お久しぶりです」

「孫が家に来とってな、ふたばの豆餅買いに来てんよ。美夏ちゃん、変わらんなぁ。相変わらず、お母さんに似てべっぴんやな。いつでも若うて可愛らしいのも母親ゆずりやなぁ」

不自然にならないように笑ってみせる。

いつもこれだ。

美夏の容姿を褒める時に、母を知る人たちは皆、「母のように」と枕詞をつける。

外見だけならいいが、あの子供っぽく身勝手な母と中身まで一緒だと思わないでくれと言いたくてたまらないのをおさえている。

「柏木さんも、元気そうやね」

「働いてへんとしゃきっとしぃひんから、パートに出てんよ。今日は休みやけど。お父さん、元気なんか？」

美夏は笑顔を見せて、答えない。

肯定も否定もしないほうがいいだろう。家を出ていったなんて本当のことを告げたら、何かと疑われる。だからといって元気だと答えて、それ以上聞かれるのもめんどうだ。

「そうや、さっき冬香ちゃんもおったで。男の人と一緒に、ソフトクリームを美味しそうに食べてたわ。声はかけへんかったけどな。男の人のほうは、よう顔は見えへんかったわ」

その男の人というのは、自分の夫なのだと、何故か言えなかった。

ここの商店街を通っているのなら、地下鉄を使って映画館に向かったのだろうか。

冬香がソフトクリームを食べ歩きしながら、かろやかに賑やかな商店街を歩く姿が想像できない。自分たちの前ではそんな顔を見せないのだから。

夫と冬香の話には、いつも入っていくことができない。

映画の話で盛り上がりだすと、美夏の知らない言葉ばかりがふたりの口から出てくる。

夫と冬香の間には美夏が絶対に入れない濃密な空間があった。

映画館の暗闇の隣り合った席で、ふたりで映画を観て笑い合う姿を想像すると、重い塊がずどんと美夏の喉から胃に落ちていくような感触が広がっていく。

すぐに打ち消すようには心がけてはいるけれど、こうしてふいに、その努力して得た平静さを壊す者が現れるのだ。

「仲良さそうやったよ。年は離れてるように見えたけど、彼氏なんかな。まあ冬香ちゃんも、いい年やもんなぁ」

あれは夫だと、やっぱり言えないまま、美夏は流れる汗を拭うこともできず固まった笑顔で笑うしかできなかった。

ふたばで豆餅を買い、美夏は賀茂川と高野川が合流する三角州に来た。

青々と茂る草の上には家族連れやカップルたちが寝ころぶ姿もちらほらと見える。上半身裸で川で遊ぶ若者たちの姿も見えた。

ここは日差しを浴びはするけれど、水があるから少しは涼しげだ。

左手には北から比叡山、五山の送り火の「大」の字がある如意ヶ岳の東山三十六峰が、この街を取り囲むように途切れず、連なっている。

そういえば、もうすぐお盆と、五山の送り火がある。あの山に火が灯され先祖の霊を送るが、送り火が終わっても、まだまだ京都の夏は終わらない。

京都の夏は祇園祭ではじまり、お盆には送り火と行事が多い。

こうして山を眺めると安心するのは、守られていると思えるからだろうか。

大きく息を吸うと、川と草の匂いがする。鴨川の水は透き通り、足をつけるときっと気持ちがいいだろう。

子供の頃から、慣れ親しんだ光景。

私は、ここから出たことがない。出たいと思ったことがないし、これからもきっと京都以外の土地に住むことはないだろう。

この先、雪岡の家がどうなるのかはわからないけれど、あの家にずっといられたらいいのに。たまに、外出の予定はなくとも着物を着て縁側に佇み庭を眺めて、京都に、下鴨のこの家に、生まれ育った幸せをひしひしとかみしめることがある。母のようにはなりたくないけど、死ぬまでここで暮らせたことは何よりも羨ましい。

父は帰ってくるのだろうかと、ふと不安になることがある。

いつもは父と一緒に御蔭橋から送り火を見ていたのに、今年は叶わないのだと思うと、寂しかった。

父の出奔は、母が死んで寂しくなったから、ひとりになりたかったのだと姉や伯母は考えているらしいし、夫も同じ意見だ。

けれど美夏は、父は皆の言うように、母の死を悲しんでいるよりも、せいせいしているのではと考えていた。母から解放された父は、そのまま家からも解放されたかったのでは、と。

可愛い、お嬢さんがそのまま大人になったお母さん。仲の良い家族。

皆は雪岡の家をそう称するし、それは間違ってはいないけれど、姉や妹が知らないことを自分は知っている。

母は、父以外の男を愛していたことがあり、その男との間に子供を生《な》して、その子は父の子として育てられている。

それが、冬香だ。

美夏は鴨川の両端を結び連なる石の上を歩く。亀の形をした石の上を軽やかに、弾むように飛び移る。

どうして、姉も母も穏やかで平和な生活を守ろうとしないのか。平穏な生活こそが幸福であるはずなのに。

身勝手な行動のつけは、あとで必ず返ってくる。本人だけではなく、周りの人間まで厄介ごとを引き受けなければいけないことを、あの人たちはわかっていなさすぎる。

私は母のようには、なりたくない——。

美夏はずっとそう思って、生きてきた。


夕方、姉はマンションに帰っていった。入れ替わるように、秋乃が帰宅する。

「お帰り」

美夏が声をかけると、秋乃は小さな声で「ただいま」と言った。

「秋ちゃん、暑かったやろ。今日はどこ行ってたん？」

「友達とぶらぶらしてた」

「女友達？」

「うん」

美夏はわかっていながらも聞かずにはいられなかった。嫌味になってしまっただろうかと気にするが、秋乃は特に普段と変わらずだ。

秋乃は男を知らないのではないかと、美夏は思っていた。だからこそ、理想が高く、お見合いをしても首を縦に振らないのでは、と。

冬香は秋乃と正反対で、東京で水商売のようなこともしていたらしいし、ふとした仕草に作為的な媚を感じて不愉快になることもあった。

素人の女が、そんなものは身につけなくていい。手放したとはいえ、「賀茂の家」の娘だということは人にも注目されやすいのだから。

夫とふたりで楽しそうに話をしている時にも、冬香の媚を感じて、複雑な気分になることがあったが、これは嫉妬ではない、断じて嫉妬などではない、と美夏は自分に言い聞かしていた。

冬香は、姉妹の中では一番、屈折したところがある。家から出たことも、水商売の世界に飛び込んだことも、どこか家に対する反発心のようなものがあったのではないのだろうか。

それがもしも自分の生まれに関することなのだとしたら――冬香自身がどこまで知っているのかわからないけれど――姉として気にかけてやらないといけない。

父は家を出てしまったし、春樹と秋乃は自分のことしか考えていないから、美夏が冬香を理解して、見守ってやるしかないではないか。

けれど冬香自身が姉たちに心を開かない。でも、そこを埋めるのが自分の夫ならば、それでいい。だからこそ、ふたりで映画に行くように勧めもする。

誰もが幸せになればいいのだ。そのためには小さなことなど、見て見ぬふりをするしかない。

夜遅くに、夫と冬香はそろって帰宅した。

映画が終わったあと、ついでに食事に行くと夫からメールが来ていた。

夫の友人が経営している川床もあるレストランだ。鴨川にせり出した川床は京都の夏の風物詩だった。

その店には結婚する前に何度か一緒に行ったけれど、子供を産んでからは足が遠のいていた。

値段はそう安くなかったと記憶している。

「ただいま」

冬香が珍しく上機嫌で鼻歌を歌っている。よっぽど映画が楽しかったのだろうか。

食事も美味しかっただろうし、お酒も飲んでいるだろう。

冬香ちゃんの彼氏か――。

昼間、商店街で柏木に言われた言葉を思い出してしまった。

夫だって、こういう時間は必要なのだ。

義妹とはいえ、若い女と休日にふたりで映画に行き、洒落た店で飲むのは、いい息抜きになっただろう。

自分は、喜ぶべきなのだ、ふたりが仲が良いことを。

だって、ふたりとも、大切な家族だ。同じ家に住む、美夏の家族だ。

離れに戻ると、夫は風呂に入ろうとしていた。

「映画、おもしろかった？」

「うん、最高。冬香ちゃんと、盛り上がってさぁ。そのまま帰るのはもったいないからって、つい飲みに行ったよ。ごめんな、遅くなって」

「ううん、いいねん、楽しんできたんやったら」

「冬香ちゃん、ワイン好きなんだね。いい感じに酔ってて、おもしろかったよ」

いい感じに酔うというのが、どういう状況なのか、美夏には見当もつかない。

わかるのは、冬香は自分たちの前では絶対にそんな姿を見せないであろうということだけだ。

美夏は、夫が「最高」という映画の話題を、それ以上聞けない自分の興味のなさが、少し悲しかった。

自分は京都から、この家から出たことがない世間の狭い人間だ。

中学から大学まで女子大の付属をエスカレーター式に進学してきたから、友人も限られている。

仲の良い子は何人かいるが、それぞれのとりまく状況の変化で、集まることもほとんどなくなってしまった。

結婚してからは家で仕事をしているので、新たに人と知り合うこともほとんどない。

美夏自身が興味を持つものも、身近なものばかりだ。子供のこと、家族のこと、料理に和裁に庭いじり――。

自分は、話をしていて話題の少ないつまらない人間だと思われているはずだ。

男に交じって一線で働いてきた春樹や、東京で様々な経験をした冬香などと比べて、さぞかしおもしろくない女だと。

でも、だからこそ、私は平和にこの家を守ることができるのだということを、夫や姉や妹たちは、どこまでわかってくれているのだろうか。

この家は、私が生まれ育ち、今は私が守っている城だ。家族が住みやすいようにと、一生懸命、維持しようとしているのは、私だ。

姉がしょっちゅう帰ってくるのも、冬香や秋乃が落ち着いて住めるのも、自分がこうして家を守っているからなのだ。

祖父の成功の象徴でもあり、母が生涯を過ごしたこの家を、これからも自分が大切にしていかなければならない――。父が家を出た今となっては、それが自分に与えられた使命のような気がしていた。

夫は風呂からあがると、酒が入ってるせいか、すぐに寝室に行った。

美夏は片づけものをしようと、ダイニングに戻る。

テーブルの上に無造作に広げられている週刊誌をふと手に取ると、映画評のページが広げてあり、赤い〇がつけてある。

冬香と夫がふたりで観に行った映画は、確かこれだったはずだ。

目を走らすと、「貞淑な人妻が、ふとしたことで出会った年下の男に様々な性の悦びを教わり、見違えるように美しくなり、夫の性の営みも変化していく。やがてアブノーマルな世界に踏み込んだ三人の関係に変化が……。この作品はR-18指定です」と、書かれた紹介文が目に留まり、息を呑んだ。

成人映画ではないか。しかも、不倫の。まさかこんなものを観ていたとは……。

週刊誌を美夏はゴミ箱に入れた。

指が震えている。

夫と妹がふたりで、こんな「いやらしい」映画を暗闇の中で隣り合って観ていたのかと思うと、気分が重くなり胸の鼓動が早くなる。

何かを心配しているわけではないけれど、恋人同士でもない男女が普通、こんな映画を観に行くものだろうか。相手が夫だからいいけれど、もし冬香がたやすく男と成人映画などを観に行くのなら、それはあまりにも不注意ではないか。

夫が所有していた数本のアダルトDVDのパッケージや、パソコンで展開されていたアダルトサイトの女の裸が美夏の脳裏に浮かんだ。

よくないことだ、これはよくないことだ、と唱えながら美夏は手を洗う。

夫に何か言うべきなのだろうか。いや、そんなことは一笑に付《ふ》されるのはわかっている。

以前、そういう話をしていて、「美夏は普段、映画とか本とか観ないから理解できないかもしれないけれど、これは芸術なんだよ。それを、いやらしいから観ないほうがいいなんて思うほうが、間違っている」と、珍しく強気な口調で言い返されたことがある。

お前にはわからないんだ、知性や教養のない、平凡な女のお前には——。

遠回しにそう言われているようで、もう二度と夫の趣味には口を出すまいと思った。

夫にも妹にも何も言わないことに決めた。

ただ、子供たちの前でそういう話をすることや、こうして雑誌を広げることだけはやめてくれと言うべきなのかもしれない。

瑞貴の学校の教師から電話があったのは、それから一ヶ月もしない夏休みが明けてしばらくした頃だった。

少しばかり涼しくなった日を狙って庭仕事を終え、汗を拭いながら離れのリビングでお茶を飲んでいる時に、携帯電話が鳴ったのだ。

平日で、子供たちは学校からまだ帰っておらず、夫も会社だった。

お宅の瑞貴君のことで、少しお話があって……電話じゃなんですので、どこか外でお話しできませんか――。

瑞貴の担任は、まだ二十代の男の教師だ。体育会系の爽やかな好青年で、生徒の母親たちの間でも好感度は高かった。美夏自身も、清潔感を感じるその青年を見た時に、安心感を抱いた。

その教師が、話があるという。

瑞貴は今まで、特に優等生ではなかったと思うが、問題など起こしたことはない。

弟の光に比べておとなしいと思うことはあったけれど、気にするほどのことではないはずだ。

夕方、子供たちが帰宅するのを待って、美夏は家を出て出町柳の喫茶店に向かう。

瑞貴は普段どおりに帰ってきて、何を告げるわけでもない。部屋にすぐに入っていったから、ゲームでもするのだろう。

お子さんには内緒にしてくださいと言われていたので、夕食までには戻るとだけ告げて家を出た。

京阪電車の終点である出町柳駅の前の喫茶店の二階に、瑞貴の教師が既に来ていた。

「すみません、お母さん、わざわざお呼び立てして。暑いのに、申し訳ありません」

お母さんと呼ばれることは、未だに慣れない。

教師は冬香と同い年ぐらいだろうか。

いつもジャージ姿しか見たことなかったので、Tシャツとジーンズ姿に違和感があった。短く刈り上げられた髪と相まって、なおさら若く見える。水泳の指導もしているせいか、真っ黒に焼けている。

教師の表情を見て、美夏は安心した。いつもと変わらぬ、邪《よこしま》なものがなさそうな笑みを浮かべていたからだ。

悪い話ではないのかもしれない。

「いえいえ、それより、うちの子が何か」

「まずは注文しましょうか、僕はオレンジジュース」

「私も同じものを」

教師はウエイトレスが立ち去るのを横目で慎重に眺めてから、口を開く。

「あの、お母さん、さっそくですね、非常に申し上げにくい話なんですが」

「はい」

教師の表情が一変してこわばり、声を潜めた。

美夏も身構えてしまう。

「最初に言っておきたいんですが、瑞貴くんが何か悪いことをしたとは僕は思ってないんです。むしろ彼らの年頃にしたら、正常なことだと思うんですけれど……」

「先生、はっきりとおっしゃってください」

美夏は胸の鼓動が波打ちはじめたのを感じていた。

嫌な予感がぶり返す。

「本当はわざわざこうしてお母さんをお呼び立てして、お話しするようなことではないんですけれど……」

教師は運ばれてきたオレンジジュースに口をつけ、すぐに戻した。

「クラスの男子が五人、夏休みに、ある男の子の家に集まったんです。その家は母子家庭で、お母さんは仕事で遅くならないと帰ってこないので、皆がよく遊びに行くんですよ」

「ああ、もしかして」

美夏はひとりの少年の顔を思い浮かべた。

昨年も同じクラスだった子で、真面目そうな小柄な子だった。その子が母子家庭ということは、聞いていた。

何度かうちに来て、手作りのお菓子をふるまったことがある。

品の良い子だという印象だった。片親といっても、確か母親は大学に勤務していて、母親の父も学者だというきちんとした家だったはずだ。

「そこでね、子供たちが、ＤＶＤを観ていたそうなんです。そこに偶然、早く帰宅したお母さんが見つけてしまって……」

「…………」

「僕もね、男だし、あれぐらいの年頃の少年が興味を持つのは当たり前のことで、怒ることではないと思っているんです。けど、お母さんが、ショックを受けられたみたいで」

「まさか、そのＤＶＤは」

「はい、アダルトで――そんな過激なものではないんですけど。そのＤＶＤを持ってきたのが、瑞貴君だったんです。多分、家にあったものを内緒で持ち出し、たまにこうして友人たちに観せていたんでしょうね」

自分の顔から血の気がひいていくのがわかった。指先が冷えてくる。

過激なものではないと担任は言うが、美夏からすれば、裸の女がからみ合っているだけで、十分だ。きっとその子の母親も同じだろう。

「目くじら立てて怒ることでは決してありません。それはわかってください。だから瑞貴君には何も言わないで欲しいんです。僕から、注意は既に軽くしてあるんで。ただ、やはり、そういうものが簡単に子供の目につくようなところにあるという環境は、改善していただけないかという、お願いなんです」

教師は、こちらを見ない。

笑いをこらえているのか、困っているのか。

美夏もまっすぐ正面を見ることができなかった。恥ずかしいを通り越して、怒りすら湧いてくる。

夫に対しての怒りだ。

そして、知らない間に自分の息子が、夫と同じ種類の「男」になっていたということの衝撃が大きかった。

「ご迷惑をおかけしまして、申し訳ございません」

「あの、本当に、お母さんは気になさらないでいただきたいんです。悪いことでもないし……。ただ、子供って親御さんが思うよりも早く大人になるんで、そのことを気にかけて欲しいんです。くれぐれも言いますが、瑞貴君には何も言わないでくださいね。ただ、ご家庭で、気をつけていただければ……。いや、そういうものが家にあるのは、当然のことですよ」

「申し訳、ございません」

美夏はさらに深々と、頭を下げた。

早くこの場を立ち去りたくて、しょうがない。

そして二度と、この教師とも顔を合わせたくない。

教師は怒ってはいないし、怒ることではないと言う。それは本心なのだろうけれど、夫婦の営みが少ないが故に性欲を持て余した夫が購入したものを、この目の前の若い男に知られてしまったということが恥ずかしくてたまらなかった。

お母さんが、ちゃんと旦那さんの相手をしてあげたら、そんなものいらないんじゃないですか――。

これからはお母さんが、アダルトビデオみたいなことを旦那さんにしたら、必要なくなるんじゃないでしょうか――。

いずれにせよ、ちゃんとセックスしてあげないと駄目ですよ、お母さん――。

考えすぎなのはわかっているが、そう教師が思っているような気がしてならない。

セックスを拒んだ自分が悪いのか。

必要以上にセックスを求めてくる夫が悪いのか。

いい年をして、アダルトビデオなどを購入したり、インターネットで裸の画像を見て喜ぶ夫が悪いのか。

悪いのは、自分も夫もだ。

すれ違う、混ざり合わない夫婦の性欲のせいなのだ。

それではと、教師が立ち上がる。

「僕も、子供の頃は、興味津々でしたからね。小学生とはいえ、男ですからね」

にっと笑いながら、そう言った。

爽やかな「教師」の仮面が剝がれ、その内側から醜く生々しい肉が剝き出しになり、生臭さとともに目の前に無理やり見せつけられたような気分になった。

男という、肉の塊を。

自分の息子を、この男や夫と同じ種類の「男」だなんて思いたくはないのに——。

美夏は目の前の男に恐怖を感じて、うつむいた。

帰宅した伊久雄がシャワーを浴び終えて夕食の席につくなり、美夏は教師に言われたことを話した。

「俺が気をつけるよ、それでいいんだろ」

「そやから、そういうことと違うねん」

「その教師の言うとおりだよ」

子供たちは既に食事を終えて、部屋にいる。

自分が驚愕した出来事を告げても、夫に動揺の色がないことが腹立たしかった。

「でも、理解ある先生だな。さすが若い男なだけある。これが欲求不満の女教師だったら、もっとうるさくネチネチ言われてたかもしれないよ。その先生でよかったよな」

「なんなん、それ」

夫が事態を軽く見ていることがもどかしい。

そういう問題ではないし、どうしてそこで教師に感心するのだろうか。

あの瞬間、美夏がどれだけ恥ずかしかったのか、わからないのだろうか。

「捨てて欲しいねん、全部。家の中にあったらまた見つけるやん。それからパソコンでそういうの見るのも、この際やからやめて欲しいねん。子供らが見るやろ」

「ちょっと待てよ、なんでそんな極端なこと言いだすんだよ。俺が俺の金で稼いで買ったものを簡単に捨てろとか言うなよ」

夫は箸を止めて言い返してくる。

「そやかて、また同じことが起こるかもしれんやん。だいたい、パパは迂闊やねん。見つかるようなところに隠してるんが悪いんやろ」

パパというのは、伊久雄のことだ。子供たちが生まれてから、夫のことをそう呼ぶ習慣ができてしまった。

「だって仕方ないだろ。ここは所詮、離れだから、そんなに広いスペースがあるわけじゃない」

「所詮、離れって、なんなん？」

美夏は自分の声が高くなるのがわかった。

所詮、離れって、夫の稼ぎが多くないから、両親の好意で家賃無しでこんな環境のいいところに住めるのではないか。

もし伊久雄は自分ではない女と結婚していたならば、月々の家賃で給料のほとんどを持っていかれ、なおかつ庭なんてないもっと狭い部屋に住んでいたかもしれないのに。

「言い方悪かったなら、謝る。でもムッとしたんだよ。黙ってたけど、美夏、俺が買ってきた雑誌を勝手にゴミ箱に放り込んでたことあっただろう。あれも本当は不愉快だったんだ」

冬香と伊久雄が一緒に映画を観に行った日のことだ。雑誌にその映画の評が載っていて、いやらしい内容だったので、カッとして捨ててしまった。

「あれは……」

「俺は確かにお前のうちに世話になってるよ。でもだからといって、お前が俺のものを勝手にどうこうするのは、違うんじゃないか」

「なんで勝手なことなん？　私かて、普通の映画のＤＶＤとかなら捨てろなんて言わへんよ。あんないやらしいもん」

「なぁ、美夏。その教師だって、理解を示したんだろ。男だったら、当たり前のことなんだよ。俺もだけど、瑞貴だってそうだ。小学生の男の子が女の裸を見たがることは、健全なことじゃないか」

「何が健全なん。そうやって瑞貴を楯にして自分を正当化するなんて、ずるいわ」

子供たちに聞こえてはいけないから大声を出してはいけないと思いつつも、非を認めようとしない夫への怒りがやまない。

私はそんな勝手なことは言っていないはずだ。ただ、子供たちの教育のために、アダルトＤＶＤを家に置かないでくれと願っているだけなのに。

どうして夫は、妻が恥をかかされたことに平気でいるどころか、まるでこちらが間違っているかのような言い方をするのか。

美夏は唇をかみしめた。

思えば、こうして夫とゆっくり話をすることも、久しぶりだ。

日常的な会話はしても、それ以上、深くお互いの考えを話すことも聞くことも、ずっとなかった。

いつのまに、こんなにも夫は聞き分けの悪い男になったのだろうか。

「なぁ、美夏。お前も大人なんだからさ、そこまで潔癖になることないだろう。逆に心配になるよ、男の性欲ってものを理解してもらわないと。うちはふたりとも男の子なんだから」

夫の声が、一段と低くなる。今、自分は夫に馬鹿にされているのだと美夏は思った。

夫の目からは、ヒステリックに性的なことを嫌悪する女に見えるらしい。

そうじゃないのに。悪いのは、どう考えても、夫のほうだ。

「子供のために、ようないやん」

「あいつらだって、男なんだぞ」

「そんなことわかってる」

「いや、美夏は、わかってないんだよ。俺のことも、子供のことも、お姉さんや妹さんたちのことも」

夫は箸を置いて、水の入ったグラスを手にして一気に飲み干す。

「たまに、可哀想になるんだよ」

「誰が」

「春樹さんはともかく、秋乃ちゃんや冬香ちゃんが」

夫と仲良よさげに成人映画を観に行く、浮き足立った妹の冬香の様子が、美夏の頭に浮かんだ。

「どういう意味なん」

「みんないい大人なんだからさ。まるで美夏は子供の母親みたいだ。秋乃ちゃんや冬香ちゃんだって、それぞれ考えていることもあるだろうに、自分の価値観を押しつけてるように見える時がある」

「なんなん、それ。姉として、家族として心配してるだけやん」

「心配ってのは、押しつけるもんじゃないんだよ。信頼してないから心配になるんだろうけれども、それって彼女たちをひとりの大人として見てないってことじゃないか。春樹さんのこともだけど、自分の姉や妹をもっと尊重して見守ってあげるのが家族としての優しさじゃないのか？　俺にあれこれ捨てろというのと一緒で、自分がいろいろしてあげてるんだから言いなりになって当然、自分のおかげであんたたち暮らしていけてるんだから、みたいに聞こえる時がある」

思いがけぬ夫からの反論に美夏は唇をかみしめる。

自分は、あの頼りない、自分のことしか考えていない母が生きている時から、この家を守ってきた。

自分のおかげ——そこまで傲慢にはなってはいないつもりだが、まるで自分の存在が彼女たちにとってよくないような言われ方を、血のつながっていない他人であるこの男に言われたくはない。

母が亡くなり、父も家を去り、姉は無責任で——だから、自分が頑張ってきたのではないか。家を守るため、家族のために、と。

それなのに、夫も、姉も、母も、父も——妹たちも、何よりも自分の欲望を優先して、家を顧みないではないか。

どれだけ自分が、この雪岡の家を残そうと、皆が平穏に幸せに暮らせるようにと日々尽くしているかが、わからないのだろうか。

欲望のまま生きることが、人を傷つけ家族を壊すということなのは、母や姉が証明している。だから自分は、それを反面教師にして妹たちや子供たちに正しい道を歩ませながら、父や母が愛した家を必死で守ろうとしているのに。

「なんで秋乃や冬香が可哀想なん？　あの子らは好き勝手してるだけやん。私はあの子らを縛りつけたことなんてない。あの子らが幸せになるように願って、そのためにも家を守ろうとしてるねん。それに——秋乃はともかく、冬香には何も言わんように気をつけてんねんで。あの子には、私は気を遣ってんねん、難しい子やからって」

「もう、いい。秋乃ちゃんや冬香ちゃんの名前を出した俺が間違ってた。それから、直接言わなくても、美夏があれこれ思ってることは冬香ちゃんにも伝わってるよ。あの子は実はすごく敏感だから」

冬香が何をわかっているというのだろうか。自分の気遣いなど気にもせず、出戻りのくせにのうのうとこの家でくつろいでいるではないか。

　夫が冬香の味方のような言い方をするのも腹立たしい。

　他人に何がわかるというのか。

「冬香といやらしい映画行くのも、ほんまはようないねん」

「はぁ？」

　伊久雄が呆れたような顔をして、身を乗り出した。

「この前、冬香といやらしい映画行ってたやろ。嫁入り前の娘にそんなん見せて、そのあとお酒飲ますなんて、あかんやん。なんなん、そこでふたりで私の悪口でも言うてたん？」

「美夏、何言ってんの？　美夏が一緒に行けって言ったんだろ、あの時。それにお前の悪口なんて言ってないよ」

「そやかて、あんな映画やて知らんかったんや」

「あんな映画って、なんだよ。たまたま内容が性的なだけで、すぐれた作品として評価されてる映画なんだよ。芸術とポルノを一緒にするなよ。もう、いい。お前はわかってないんだよ、何もかも」

　夫が立ち上がった。

　また、馬鹿にされてると思うと、悔しくてたまらなくて止める気にならない。

「俺は俺の好きなようにする。ただし今後、子供たちの目に留まるところにあんなものを置かないようには気をつける。今回は俺の不注意だから謝る、それでいいだろ」

これ以上、話せば話すほど、自分が避けているところに突き進むような気がして美夏は黙って頷く。

「美夏」

「なんなん？」

「この家、出るか」

「え？」

「もっと子供たちが大きくなったら、それぞれの部屋も必要になるだろうから、広い家に越したほうがいいんじゃないかと前から考えていた。とはいえ、そうなると家賃やらお金が今よりもっとたくさん必要になる。俺の給料では厳しいから、君にももっと働いてもらわなきゃならなくなるけど」

考えたこと、なかった。この家を、出ることなど。

「そうしたら、俺だって、君の望むように、子供たちに自分のものを見つからないように隠せるスペースだってつくれるよ」

「そんなん、家なんて」

「賃貸にしろ、買うにしろ、大変だけど、でも、皆が当たり前にやってることだから、できないことじゃないだろう。生活は間違いなく苦しくなるけど」

「私は――」

家を出たくない、ここから離れたくない。

そう、心が叫んでいる。必死にすがりついている。

生まれ育ったこの下鴨の家を出るなんてできない。

この家以外に私の居場所などあるはずがない。子供の頃からずっと慣れ親しんだこの家は、私という人間の一部なのだから。

家のために、生きてきた。家があるから、自分でいられた。他人に、この気持ちはわからない。

ここより良い場所なんてあるはずがない。

それに、今は家を離れている父だって、いつ帰ってくるかわからないのだから。

待っていなければ、いけないじゃないか。

「家を離れたほうが、美夏のためにも、秋乃ちゃんや冬香ちゃんのためにも、いいのかもしれない。この家は確かに居心地がいい。良すぎて、離れられないのもわかる。けど、あんまり幸せそうに見えないんだよ、みんな。幸せと思い込もうとしているだけで」

夫の言っていることが、美夏には全く理解できない。

「俺は父親も早くに亡くして、母親は再婚して、家族も家もないようなもんだから、最初、この家にきた時にすごく羨ましくて幸せな気分になれて、お父さんたちがこの家に住んでいいって言ってくれた時は、本当にありがたかった。でも俺はもともと家族のいない人間だからいいけれど、君たちは違う——うまく、言えないけど。それに今すぐ云々の話じゃないから、考えておいてくれよ」

夫は食べ終わった食器を流しに置きながら、そう言い残すと、そのまま風呂場に行ってしまったので、美夏はひとり、椅子にすわり込む。

ひとりになると、夜の蟬の鳴き声が耳障りだ。

いつまで鳴いているのだろう、もう夏休みは終わっているのに。

力が入らない。

家を出る――そんなこと、考えもしなかった。

「いやや、いやや、そんなん。お父ちゃんも、秋乃も、冬香も、春樹姉ちゃんも、みんなが困るやん。この家を出ることなんて、できひん」

経を唱えるように、そうつぶやきながら美夏は唇を震わせていた。

みんな、好き放題、しすぎや。私がこんなに、家のために頑張ってるのに。

冬香も――母も、どうしてそんなに周りの迷惑や心配を気にせずに好き勝手できるのだろう。

冬香が父の子ではないと知ったのは、美夏が高校生の時だ。

その頃、「賀茂の家」の経営状態が傾きかけたことには気づいていた。

父は連日、遅くまで店から帰ってこないので、母も寂しそうにしていた。

テスト前で夜遅くまで勉強して、トイレに行こうと階段を下りた。下の階に寝ている秋乃と冬香が起きないようにと、足音を潜めた。

リビングから光が漏れていて、父と母の声が聞こえた。

声を潜めている様子だが、母の声はよく通る。

「寂しいねん、毎晩ひとりで――」

「だって、しょうがないやろ。店が――」

「ひとりで寝るのが――」

母は何をぐずっているのだろう。

いい大人が、ひとりで寝るのが寂しいだのなんだのと。

父が店のために骨身をけずっているのは子供の自分にもわかるのに。

「あの男のところにでも、行けばええ」

父親の低い声が、聞こえた。

初めて聞く、怒りを含んだその声は、夜にふさわしい静かで冷たい声だった。

「冬香の父親の――」

「なんでそんなこと、言うの」

「だってお前は、あの男のことを」

「もういいねん、あの人のことは。それよりも――」

美夏は手足が冷たくなるのを感じた。

あの男？　冬香の父親？

そのまま自分の部屋に引き返した。

その時は、どういう話が交わされているのか理解できぬまま、不安だけが残った。

けれど、数年後に「賀茂の家」を失ってから、気づくことはいくつもあった。

自分たち姉妹の中で、冬香に一番気を遣って可愛がろうとしていることも、冬香が東京に行きたいと言いだした時に、父親が仕事を新たに見つけてまで冬香のために仕送りをしていたことも――。

不憫な娘だと、あの優しい父親は思っているのだろう。

そして冬香自身も、知っているからこそ、家を離れたのではないか。

姉たちによそよそしく心を開かないでいるのも、そのせいではないのか。

だから自分は冬香には気を遣っているのに――。

どうして、母は他の男と寝たのだろう。

美夏には、わからない。

父がいて、娘たちがいて――家族が傍にいるだけでは、満たされないのだろうか。

母が他の男との間に子供をつくっても、父は、必死にこの家を守ってきたのだ。

冬香を自分の娘と同じように育ててきたのだ。

父親がいなくなり、美夏はその想いを継いだつもりだった。

家族のために、この家を守っていこうと。

この先、父は帰ってきてくれるのだろうか。

もう自分たちを見捨ててしまうのだろうか。

時折、そんな考えもよぎる。

「この家を離れるなんて、できひん」

ここを離れても行き場などないのだと、美夏が自分に言い聞かせるようにつぶやいた声は、夏の終わりが命の絶える時だと知っているかのように叫ぶ蟬の声にかき消された。

第三章　秋乃

女子高の教室は柑橘系の匂いに支配されていた。少女たちがそれぞれにリボンをなびかせた制服の下に果実を隠し持っているかのように、むせ返っていた。

甘酸っぱく爽やかな匂いが、「高校生らしい」からと流行っていたのだ。体育会系のクラブに入っている子も多かったから、清涼感のある香りを競うように身にまとわせていた。

けれど秋乃の記憶に残るのは、花の香りだ。汗の匂いと混じり合った花の香り。

ピアノ練習室で息を拒むように嗅いだあの匂いは、薔薇と菫と百合の香りを調合したものだと彼女は言った。

爽やかな果物の匂いに慣れた秋乃に、花の樹液を絞り煮詰めたかのような匂いは濃厚で、身体も心も痺れてしまっていた。

「秋乃、可愛い。誰よりも可愛い。私はあなたが大好きだから、私のものにしたいの。ねぇ、可愛がってあげるから、私の言うことを聞いて――」

彼女は秋乃の唇を塞ぎ、舌を差し込んだ。聞き慣れない標準語はまるで何かを教えるかのように響く。この人には敵わないのだと思わせる、他者を支配する旋律を持つ。

隣の部屋ではたどたどしいピアノの音が聞こえている。

このピアノ練習室は鍵がかからないから、いつ誰が入ってくるかわからないのに、怖がる様子もなく、彼女は秋乃の唇に舌を差し入れたまま、左手をブラウスの中に入り込ませ、膨らみかけた胸の先端を探しはじめた。

秋乃、可愛い。私のものになって――。

快楽を与えてくれるなら、自分を差し出すことに躊躇いはないと、秋乃は花の匂いを吸い込みながら考えていた。

新京極と寺町京極とつなぐ路地の奥から真っ白な猫が現れ、こちらを見ている。

最初に見た時は手のひらの上にのるのではないかと思ってしまうほど小さかったのに、いつのまにかどっぷりと重みを増している。

ゆっくりと近寄り手を差し伸べると、猫が待ってましたとばかりに慣れたふうに秋乃に抱かれる。

秋の紅葉シーズンは京都が一番賑わう時期だ。昼間の観光地だけではなく、土産物屋が軒を連ねる夜の新京極も修学旅行生で埋め尽くされている。

アーケードのある新京極と寺町通の商店街の間はいくつかの細い路地でつながれている。光のあたらない路地には観光客もおらず、いつもと変わらぬ様子だ。その路地に面した店から、この猫は現れた。

看板も出ていない、歩いていてもほとんどの人が気づかないであろう小さな骨董屋は、商売っ気のなさがよくわかるたたずまいだ。

けれど、この路地の奥にひっそりとある風情が秋乃は気に入っている。

気づいてくれる人だけ気づいてくれればいい、皆に注目されなくてもいい、そうして足を踏み入れ、自分の気に入ったものを見つけてくれればいい。

そんなところが、京都らしくていい。きっとよそから来た人には、愛想がなくそっけない、初めて来る客を拒絶するようだと嫌がられもするだろうが。

京都らしいという表現をつい使ってしまうけれど、実のところ三十四歳の今になるまで秋乃は京都から出たことがないから比較のしようがない。京都から出たことがないどころか、生まれてこのかた、家からも出たことがなかった。

秋乃は猫を抱いたまま、開けっ放しのガラスの扉をすり抜けるように中に入る。

「いらっしゃいませ……あれ、秋乃ちゃんか。『ゆき』も」

「今、そこでうちを出迎えてくれてん」

ゆき、という、耳が少し欠けた、その名のとおり雪のように白い猫は、客が連れてきて、そのままこの店に住み着いているらしい。

風見がすすめてくれた椅子に秋乃は腰かける。

「珈琲でいい？」

「おおきに。ミルクたっぷり入れてな。邪魔にならへん？」

「ええよ、いつものごとく暇や。天神さんも終わったしなぁ」

天神さんというのは毎月二十五日に北野天満宮で開かれる市のことだ。天満宮の祭神の菅原道真の命日ということで、その日に市が開かれ大変賑わう。

風見は、その天神さんの二十五日と、東寺で開かれる弘法さん――こちらは弘法大師空海にちなんでいる――に店を出していて、秋乃は姉たちには内緒で、時折手伝いに行っていた。

何か後ろめたいことがあるわけでもないのだが、勘ぐられるのがわずらわしい。普段、男と接することがほとんどない秋乃がここにしょっちゅう出入りすることで、何か懸念を持たれるのが面倒だった。

秋乃は短大を卒業し、御所の近くの美術館で働いている。

美術館といっても個人所有の、規模がそんなに大きくないもので、休みも自由にとれるし定時にあがれる。

給料はその分安くて、学生のアルバイト並みなのだが、自宅通いなので困ることはない。

秋乃が短大を卒業した頃は就職難ではあったが、料亭のお得意さんである美術館の所有者の知人の口利きで何の苦労もなく職にありつけた。

友人たちにはさんざん「秋乃はお嬢さんだから」と、羨まれた。苦労知らずの、いいところのお嬢さんだから、と。

その当時、実家の料亭はすでに人手に渡り、財産などは今住む家だけという状況だった。それでも京都に昔から住み、そうやってつながりがある人の力を得ることができたのは、確かに恵まれているので、否定はできなかった。

恵まれているということは、思いがけず人から恨まれることもある。そのことは、学生時代から知っている。

敵などつくらないようにと気をつけていても、嫌な思いをすることはある。無意識に自分の存在そのものが人の尊厳を傷つけることがあることも。

母に一番似て、色白丸顔、大きな瞳に小さな口、きゃしゃな身体の秋乃は、同級生を通じて近隣の男子学生から告白されることも何度かあった。

中学生の頃、そのことで理不尽にも人に嫌われたことがあった。同級生の彼氏が、秋乃に手紙をくれたのだ。秋乃は無視したのに、何故か恨まれて、一部の女子生徒からいじめを受けた。ロッカーの中の体操服が盗まれていたり、靴の中に虫の死骸が入れられたりした。

どうも秋乃が無視したことを逆恨みした男が、秋乃のほうから声をかけてきたのだと彼女に言ったらしい。有名料亭の娘でちょっと可愛いからって、お高くとまって人を見下して、おとなしそうな顔してるくせに人の男に手を出すなんて——と。

秋乃をいじめたのは一部のグループではあったが、活発なグループだったので、周りは自分がまき込まれるのが嫌で誰も助けてくれなかった。

いじめは二ヶ月もしないうちに収まった。自分の彼氏に手を出したと騒いでいた同級生が違う男とつきあいはじめ、秋乃のことはどうでもよくなったのだ。

自分は何もしていないのに勝手に嫉妬されいじめられるなんてと悔しくて腹立たしかったのだが、女とはそういう不条理な感情に支配される生き物だと知ったのはその経験によるものだ。

秋乃自身に、理不尽ないじめに立ち向かう力があったのならまた違ったのかもしれないが、もともと口数が少なく人と話をすることが得意ではないから、黙って堪えて嵐が過ぎるのを待つことしかできなかった。

戦いは嫌いだ。

勝つ気力がないから、負けてしまう。

なら、最初から勝負なんて、してはいけない。

秋乃は家でもそうだった。優秀で奔放な長女の春樹。秋乃と同じく母に似ている「可愛く幼い」容姿だけれども、見かけによらずはっきりと物を言う合理的で賢い美夏。自己主張はしないけれど自立心は持っている冬香。

秋乃は誰にも勝てない。

子供の頃はテレビのチャンネル争いや、おもちゃの取り合いなどで軽いいさかいはたびたび起きたが、秋乃はいつも言葉が出てこなくて負けていた。頭の中で言葉が浮かんでも、それを口にすることが何故か自分はできない。

口だけではない。何かを人と争っても、人を押しのけてまで得ようと思ったことがなかったので、結果的にいつも身を引いてしまう。

戦えないのだ。戦っても負けてしまうのなら最初から戦場になど行くべきでない。

中学生の時にいじめを受けてからは、身を守るために、秋乃は男に興味がないふりをしながら、同性に好かれるようにふるまうことを覚えた。当時はそこまで意識していたつもりではないが、女ばかりの世界で戦わず生きていくために自然に身につけた生きる手段だ。

それは今でも続いている。男に興味がない、関心がないふりをして、「女の子と一緒にいるほうが楽しい」と口にすることは。

そうして秋乃は同性に嫌われるどころか、可愛がられるようになって、女子高、女子短大と敵をつくらずにすんだ。戦わない秋乃は敵にならないから、警戒もされない。

姉たちも、秋乃は男に興味がない、男っ気がないと信じているようだ。

三十歳が近づくと、姉の美夏は「女は子供を産めるタイムリミットがあるし、仕事かていつあかんようになるかわからんから、秋ちゃんみたいな娘はちゃんとしっかりした旦那様を見つけたほうがいい」と言い出して、見合い話を持ってくるようになった。

子供を欲しいと思ったこともないし結婚したいなんて思ったこともなかったけれど、美夏に口答えしても言い負かされるのはわかっていたから、はいはいと空返事をしたら承諾ととられてしまった。

言われるがままに何人かと会ってはみたが、誰も無口でつまらなそうな男で、全て断った。だからますます「秋ちゃんは男に興味がない」と姉たちに思われるようになった。

そう思っているなら、思わせておけばいい。

そうしていつか美夏が諦めてくれたら、一番いい。

焦ってないなんて言ったら、弾丸のように言葉が跳ね返ってくることはわかっている。

自分がこうして気楽にできるのも、家のことをしっかりやってくれる美夏のおかげだから、頭が上がらないので、逆らえない。

秋乃が美夏から心配という建前の説教をされると、時に春樹が助けてくれることもあった。

「そんな無理に結婚とか押しつけんでいいやん。秋ちゃんには秋ちゃんの考えがあるんやろうし」

「お姉ちゃんみたいにちゃんとした仕事持ってたら、私もこない心配しぃひんえ。でも秋ちゃん、仕事かて正社員と違うし、何かを目指してるわけでもないし、のんびりしすぎやないの。もう三十歳超えてるんやで」

「そやかて秋ちゃんも子供やないんやから」

「春樹姉ちゃんは自分が好き勝手して人に迷惑かけてるから、そんなふうに無責任になれるんやわ」

美夏がそう言い放つと、春樹も黙らずにいられない。

「妻」であり「母」であることにゆるぎない自信を持っている美夏の押しには誰も敵わない。

春樹が不倫と呼ばれる恋愛を繰り返して、家庭を壊して結婚にいたったことを美夏は怒っていた。

そのことも秋乃は不思議ではあった。

春樹のしていることがそんなに悪いこととは自分には思えない。好きになった人にたまたま家庭があることは仕方のないことではないのか。

春樹に迷惑をかけられた当人ならともかく、美夏がそこまで怒ることではないはずだ。

ただ、確かに秋乃の目から見ても、春樹はいつも恋愛をしているくせに幸せそうに見えない。けれどだからといって、結婚して家庭を持つことを人にすすめる美夏のようになりたいとも思わない。ふたりの姉、どちらも羨ましくはないのだが、人のことに構わず自分の好きなようにしている春樹のほうが秋乃には好ましかった。

けれど、春樹を庇おうものなら、火の粉が自分に降りかかってくることもわかっている。だからこそ刃向かわずに、逃げていた。

「そういえば、この前、春ちゃんと飲んだ」

風見が猫の「ゆき」を膝の上に乗せてそう言った。

この男だけは、特別だ。特別というのは、何も感じないということだ。

そのくせ、一緒にいると、気持ちが楽になれる。年は離れているけれど、この男の、何か大切なものを捨てて諦めたような風情が秋乃に安心感を与えていた。

料亭の先代の板長の息子で、自分が小さい頃に姉の相手をしに何度か家を訪れていた男――。

母の葬儀で会った時に、男の左手の中指にはまっていた深緑の石の指輪が目に留まった。

母の死を悲しんでいるはずなのに、その指輪が、自分の職場の美術館で以前展示したものとよく似ていたので気になってしょうがなかった。

「その指輪、どこで買わはったんですか」

我ながら、母の葬儀の席には似つかわしくない質問だったと思うが、思い切って声をかけてみると、美術館に展示されていた作品の作家の愛人だった女がつくったレプリカなのだと風見が教えてくれた。

風見が骨董屋の店主になっていることを知り、一ヶ月後に好奇心で出かけてみたら居心地がよくて、こうしてたまに足を運ぶようになった。

もともと秋乃は古いものが好きで、弘法市、天神市などに出かけて眺めるのも好きだった。古いものは落ち着く、時間の止まっているものや場所は自分に優しい。神社や仏閣も好きだった。その代わり、新しいものは苦手だ。あくせくして、何かに急き立てられている気がする。だから秋乃は古いものが残るこの京都という街が好きだった。

風見の店に来るのは骨董品に囲まれるのが好きなだけではない。もうひとつ、実家では美夏の子供のひとりが動物アレルギーだから飼うことができないが、猫好きな秋乃はこの自分になつく「ゆき」に会う目的もあった。

古いものがひしめいている、時が止まったかのような風見の店は落ち着くし、風見という男も、まるで肉親であるかのように一緒にいて気取らずに済む。

「お姉ちゃんと？」

「お父さんが家出たって、この前、秋乃ちゃんから聞いたからさ。それもあってね」

父の不在は姉たちに口止めされていたのだが、つい、風見に「お父さん元気」と聞かれた時に、家を出たことを漏らしてしまった。

「しかし春ちゃんは、落ち着いたかと思ってたけど、この前、話をしたらあんまり変わってない様子だったね、良くも悪くも。ほんとにあの娘は長女なんだよ。頑張り屋でしっかりしてる半面、甘え下手で実は要領が悪いというか」

家庭のある男との恋愛を繰り返した姉は、ようやく相手の家庭を壊すという形で落ち着いたはずが、たびたび実家に戻ってくるようになった。

優秀な姉は、いつまでも身なりに気をつけて女として申し分のないように見えるのに、昔から恋愛だけは他人に褒められないようなことばかりを繰り返す。

やっと結婚したにもかかわらず、夫を放っているのも、何か不満を抱えているのだろうかと姉の美夏は気にかけている。

けれど、家が賑やかなのは秋乃にとってはありがたいことだった。美夏の「心配」が自分にだけ降りかからずにすむ。

自分は姉妹の中では、顔も性格も一番、母に似ていると誰からも言われるが、家族がそれを口にする時は、決して良い意味ではないということぐらいわかっている。

おとなしく、お嬢さんで、世間知らずで、いつまでも子供で、何もできず——店をつぶすまいとする父の苦労も知らず、自分を飾りたてることや趣味に暮らして、本当に「お人形さん」のまま死んでいった、母の四季子。

そして秋乃は、「人形」の母の一番の人形でもあった。

母に似ていて従順な秋乃は、母の娘時代の着物を着せられることが多かったし、その姿のままどこかに連れていかれて、「まあ、お母さんと並ぶと姉妹みたい」などのお世辞を聞かされ続けていた。

姉や妹は、年齢相応に母と距離を置いてそれぞれ忙しそうにしていたが、自分はそうはしなかった。

母が好きだったからではなく、拒否して怒らせたり悲しませたりするのが面倒だっただけだ。敵をつくらず、誰とも戦わず、穏やかに生きていきたい。

戦うというのは、勝てる見込みのある人間がすることだ。自分には無理だから、競うことを避けて生きている。

仕事だって、そうだ。成績を上げる必要があったり、人と競うような仕事や物を売る仕事は自分には向いていない。

どうやっても勝てないのだから、勝負するだけ無駄だ。

そんな自分を、妹の冬香が見下していることも知っている。

「秋ちゃんは、いいね」と何かにつけて言われるのだが、馬鹿にされているのは承知だ。

冬香は東京から、女の嫌な媚を身につけて帰ってきた。普段は表に出さないが、美夏の夫である伊久雄と話をしている時などに、それが垣間見えることがある。

冬香には男と濃密に過ごしてきたのであろう匂いが漂っている。そのことで、男の気配がない自分を馬鹿にしている様子なのはわかっているが、男と寝たことで姉に優越感を得ている妹のあさましさを、秋乃も内心は愚かだと思っていたから、お互い様だ。

　男のことだけではない。自分は就職も伝《つて》を頼ったし、家から出たことがない。東京の大学を出て数年自活してきた冬香からしたら、どれだけ無気力でつまらない女に見えるのだろう。けれどそういう冬香だって、結局のところ家に戻ってきたじゃないか。

　そんな冬香は、何か実態のないものに急き立てられて迷いながら生きているように秋乃の目には見えた。

「明日も、南座行くねん。千鶴ちゃんがまた招待券もらったんやて」

「早川さん、顔が広いんだな」

「おかげで最近、歌舞伎がめっちゃ好きになってきたわ。千鶴ちゃんのおかげや。十二月の顔見世も一緒に行こうって言うてんねん」

　早川千鶴は、秋乃の高校のひとつ先輩だった。

　偶然、秋乃の勤める美術館で再会し、お茶に誘われ、それから何度か会うようになった。

　この歳になると、学生時代の友人は結婚している者も、子供がいる者も多い。

　彼女たちと会うと、悪気はないのだろうが、「どうして結婚しないのか」「男もいないのはおかしい」「誰か恋人をつくったほうがいい」だの、押しつけられることが多いので、次第に疎遠になっていた。

　それにしても、結婚していることイコール幸せなどではないのは一目瞭然で、実際に結婚に失敗した人間も世の中にはたくさんいるというのに、どうしてあんなにも人は結婚を押しつけてくるのだろうか。

この店には、一度だけ南座の帰りに千鶴を連れてきたことがあった。

「早川さんて、素敵な人だね」

と風見に言われた時は、まるで自分のことのように嬉しかった。


美術館で「雪岡さん？　雪岡秋乃ちゃんじゃない？」と声をかけられた時は、一瞬、誰か全くわからなかった。

女子高時代、肩で揺れていた髪の毛をばっさりショートにして、シンプルで身体にフィットしたブラウスにタイトスカート、紅色の石のピアス——昔とは別人のようだった。

千鶴は長く海外で暮らし、数年前に京都に戻ってきたという。

女子高時代、優雅にピアノを弾いていた細い指には何もはまってはいないことにすぐに気づいた。

「久しぶり。相変わらず、可愛くてお人形さんみたいなままだね」

「もう、三十歳を超えたし、そんなことないよ」

「秋乃ちゃん、結婚は？」

「してへん。雪岡のままで、あの家にいる」

そう告げると、千鶴は顔をくしゃっと崩して笑い、「私と一緒だ」とつぶやきながら、幼い表情になる。

ああ、あの顔だ。口を押さえて、そこから秋乃の声が漏れた時の、嬉しそうな表情だ——。

秋乃は、あの頃の千鶴がまとわりつかせていた薔薇と菫と百合の香りの記憶が蘇ってきたのを感じた。口に含むと舌が焼けつくようなお酒の味とともに、身体と心がとける感触に戸惑いを隠せない。

話をしている時は冷静だったつもりなのに、千鶴がそこを立ち去ってから手足が震えていることに気づいた。

「今度、お茶でもしない」

そう言って千鶴は秋乃の連絡先を聞いて帰ったが、それはただ、昔を懐かしむだけなのだろうか。


女子高時代の千鶴は、腰まである長い髪が艶々として理知的な顔立ちの少女だった。めりはりのある身体つきが大人っぽさと色気を漂わせていた。手足は細くて長いのに胸がたっぷりあるのは、祖母がイギリス人でクォーターだからだ。

ほとんどが付属から女子大に上がる秋乃の高校で、千鶴は難関の国立の芸大の音楽科を目指していると噂されていた。歌のレッスンを受け、声楽の道に進みたいと希望しているのだと。

千鶴の父親は下着会社経営をしていて、母親はオペラ歌手だった。万人が知るほど有名ではなかったが、毎年コンサートを開いている、京都ではよく名を聞く存在だ。

初めて千鶴とふたりきりになったのは音楽棟だ。

女子大には音楽教育学科があり、ピアノの練習ができる個室が二十ある音楽棟があった。女子大の建物だから付属高校の生徒が出入りすることはほとんどないが、千鶴は音楽の道に進むために特別にそこの使用を黙認されていた。

あの頃、秋乃たちの高校でも、一部では女同士で恋愛の真似事をするものはいたので、同性から手紙をもらうことは格別なこととも思わなかった。

敵をつくらないように、男に興味がないふりをして同性のほうが好きだと振る舞うことで身を守っているうちに、秋乃は本当に自分はそうなのだと思うようにもなったし、女から好かれることが増えた。手紙をもらったのも初めてではないが、相手が千鶴であることに驚いた。

格別に美人というわけではないが、両親がそこそこ有名人で、千鶴本人も成績優秀で音楽の道を志しており、学年は違うが名の知れた存在ではあった。

秋乃は一年生の時の文化祭のステージで千鶴の歌声を聴いて、その声の響きと深さに、同じ高校生とは思えず聞き惚れたものだ。

そんな千鶴から、「以前から、雪岡さんとふたりでお話をしたいと思っていました」と手紙をもらったのだから、断れない。

秋乃は呼ばれるままに音楽棟のピアノ室を訪れた。

指定された部屋からは聴き覚えのあるような音楽が流れてきた。けれど、題名を思い出せない。

中断させるのはしのびなかったが、ノックすると千鶴が現れて、「入って」と秋乃を招いた。

「初めて入りました、ここ」

「いいでしょ。鍵はかからないけれど、そんなに人も来ないから、ゆっくりできるの。お昼寝もたまにしてるのよ」

小学校高学年まで横浜にいて、休みのたびに母と一緒にイギリスで過ごすという千鶴は京都の言葉を使わない。普段聞き慣れない標準語を使われると、まるでテレビに出ている芸能人と話しているような気がした。直接聞いたことはないが、英語も堪能らしい。

千鶴は言葉だけではなく、他の女性とは身にまとう雰囲気が違った。他の者が「少女」なら千鶴だけは「女」だった。

「飲み物とお菓子もあるわよ」

千鶴が茶色の大きなバッグから、水筒と柔らかそうな紙で美しく包まれた焼き菓子を取り出す。

水筒から注がれた紙コップを受け取った。覚えのある甘い香りがする。花の紅茶だろうか。一口飲んで、甘さと熱さを舌で感じて、秋乃は驚いて口を離した。

「これ、お酒？」

「ジュースみたいで飲みやすいから大丈夫」

秋乃はおそるおそるもう一度口をつける。確かに甘くていい香りがする。

「金木犀のお酒。かなり薄めてあるから酔わないわよ。秋の花だから、秋乃ちゃんにぴったりかなって思ったの」

初めて飲んだ秋の花の酒は確かに美味しかった。けれど、瞬時に身体が火照《ほて》ってきた。今まで好奇心でビールを飲んだことはあるが、苦くてまずいだけだったのに、この酒は全然違う。

花の酒を知っている目の前の千鶴が、随分と大人びて見えた。

「こんなん、あるんやなぁ」

「秋乃ちゃん、顔がもう赤くなってる。可愛いわ」

目の前でそう言われて、秋乃は恥ずかしくなりうつむいた。

この部屋は狭く、床に座って向き合うと、どうしても近くなってしまう。今にも剝き出しのすべすべした膝がしらが触れそうになっている。

「秋乃ちゃんは、彼氏いないの？」

「いいひんよ、興味ないもん」

「男嫌いじゃないかって言ってる人がいるけれど、本当かしら？」

秋乃は答えをためらう。決して嫌いでも興味がないわけでもない。ただ、同性に嫌われるのが怖いからそうふるまっているだけだ。けれど、ここで男嫌いだと言ってしまうのは、まるで千鶴の気を惹こうとしているようではないか。

「嫌いってわけやないけど……家もお父ちゃん以外は女ばっかりやし、ずっとここの付属やし、あんまり知らん人と遊ぶのも好きやないから、よう知らんねん」

秋乃にとって周りの男とは、父や、「賀茂の家」に出入りする年配の男たちだ。それなりにテレビに出ている男の歌手を好きになったこともあるが、長続きはしない。

けれど本当は興味がないわけではなかった。

男と女がどういう営みをするのかも知っている。

実際に、子供の頃、「それ」を見たことがあるのだから。

秋乃の目の前の男女は裸ではなかった。男は下半身だけ脱いでいて、仰向けになって着物の裾を開いた女に覆いかぶさっていった。

動きは静かだったけれど、抑えていても漏れる声に、これはただごとではないと思ったのだ。断続的に漏れる女の声の合間に、甘い言葉がはさまっている。

女は悦んでいた、明らかに。普段の姿からは想像もできない泣き声を漏らしている。

男は女の首筋に顔を埋めていて表情が見えない。

幼い秋乃は何故か女の声が怖くて、泣きだしてしまった。

驚いて、男女は行為を中断し、女のほうが秋乃に気づいて蒼白になりながらも、抱きしめてきた。

お昼寝してると思ってたから――。

女は幼女に言い訳じみた言葉を口にする。

小さいからわかってないよね――。

そう言ったのは男のほうだったか、女のほうだったか、覚えてはいない。

あの男女は、「子供だから自分たちが何をしていたかわかっていないだろう」と自分たちの都合のいいように結論づけていた。

目の前で行われていた行為が何なのかということを理解したのは随分あとのことだ。

「そうなのね。秋乃ちゃんて、モテるでしょ。モテすぎて男嫌いになってるのかと思ってた」

「そんなことないんやで」

確かに中学生の頃は近隣の男子校の生徒から手紙をもらったり、紹介してくれと人づてに言われたこともある。けれど結局は、明るく社交的な女たちのほうが男には好かれるのだ。高校に上がってからは、そういうことも途絶えていた。

自分のような、人よりちょっと可愛いだけで、中身が空っぽの女は失望されるのが目に見えている。

けれどそのことにそんなに劣等感はなかった。姉たちだって、女子校育ちだけれど、卒業して社会に出たら恋人をつくっているのだから。

「秋乃ちゃん、『賀茂の家』のお嬢さんなんですってね。すごいね」

千鶴にそう言われ、秋乃は首を振った。実家の料亭は既に手放していたから、自分は「賀茂の家」の娘ではない。

けれど生活はそう変わらなかったので実感はなかった。父親が家にいる時間が増えたぐらいで、母も相変わらずだった。

「もう、違うねん」

「ニュースで見たわよ。ニュースになるだけでもすごいよね。大きな家に住んでるんでしょ。うちはマンションだから羨ましいわ」

そうは言っても、きっと立派なマンション住まいなのだろう。自分より千鶴のほうが、今はきっと「いい家」の娘のはずだ。

自分はたまたま老舗料亭に生まれただけで、父は婿養子だし、母などはその家の娘であること以外に何も持たない人だ。

けれど千鶴の父は自ら会社を興して成功し、母もオペラ歌手なのだ。人間的には千鶴の両親のほうがすごい。自分自身が努力して名を馳せているのだから。

けれど、この京都という街では、それさえも「成り上がり」と見下す人たちがいることも知っていた。

「秋乃ちゃんは、女の子にもモテるでしょ」

それは否定しない。特に最近はこうして年上の女性から可愛がられることが増えた。

「女の人と、いやらしいことしたことあるの？」

千鶴がそう言いながら、顔を近づける。花の匂いが鼻腔をくすぐったのは、さきほどの酒の残り香か、千鶴の身体から漂ってくるものなのか、わからない。

驚いているのに秋乃の口からは言葉が出てこない。ただ唇を震わせるだけだ。

ぐるぐると思考は頭の中をまわっているのに、言葉が見つからない。けれど甘い、いい香りを嗅ぎたいから、近寄る千鶴の身体を拒めない。

身体は熱いままだった。さきほどの酒が思いのほかまわっていて、思考が働かない。ただ流れに身を任せるしかできない。

「ないねん。男の人とも、女の人とも」

「うちの高校ね、真面目で堅いって言われるけれど、結構女同士でもしてる子たちがいるの、知ってた？」

噂には聞いていたし、実際にいつも手をつないでいる者たちも見かける。

女同士というのは、男と女とは違うのだろうか。

もっとも男と女の営みなんて、あの幼い頃に見てしまった姿しか、秋乃は知らないけれど。

近くで見ると、千鶴の睫毛が驚くほど長いことに気づく。自分と違って切れ長の目だから、今まで目に留めなかった。豊かな唇が桜色に濡れていて、甘い息は酒と同じ秋の花の香りだ。

「秋乃ちゃんのこと、前から気に入ってて、可愛がってみたいって思ってたの。私のお人形さんにしたいって」

お人形さんという言葉で一瞬、母の姿が浮かんだが、嫌ではなかった。

千鶴の唇が近づいてきた。力が入らず、抵抗できない。

柔らかい唇が触れてきて、舌が差し込まれた。さきほど秋乃が飲み干した花の酒の味が、注ぎ込まれる。

「あー、可愛い」

千鶴の手が、ブラウスの上から秋乃の乳房に触れた時、秋乃は自分の腰が自然に浮き上がったことに驚いた。

それから何度、あの部屋で会っただろうか。

鍵がかからないからと一応警戒して服を脱ぎはしなかった。服の上から、あるいは隙間から指を差し込まれ、触れられていた。秋乃も、お返しとばかりに千鶴を真似た。

いつもあの甘い花の酒を口にしていた。そうでないと鍵のかからない部屋でこんなことをする勇気が出なかった。

千鶴との行為に酔いしれながらも、秋乃の中には日に日に違和感が膨れ上がっていった。

あの、子供の頃に見た光景。男と女がつながっていた姿。

このことも気持ちがいいのだけれど、何か違う気がする。もっともっと、気持ちがいいことがきっとあるのでは。それはやはり相手が男ではないといけないのか。

そんなことを考えていたから、千鶴の誘いに乗ってしまったのだ。

今なら、あんなことはしないはずだ。大人になった今のほうが、怖いものが増えたから、軽はずみなことをするわけがない。

誰にも話せない、話したことのない、あの出来事は。

あれは千鶴の卒業が近づいた頃だった。受験生の千鶴と会う回数は減り、月に一度ぐらいしか顔を合わせることはなかった。その分、千鶴の行為は激しくはなっていたけれど、正直、やることは同じだからお互い飽きてきたのがわかっていた。

「今度は、外で会わない？　ご飯食べて、デートみたいに」

千鶴にそんな暇はあるのだろうかと思ったが、従った。

待ち合わせして、千鶴の父の知り合いが経営しているという、高校生には明らかに不似合いな祇園のイタリア料理店で食事をしたが、味はよくわからなかった。

店側は高校生だとわかっているだろうにお酒を出してくれた。何かわからない、知らない香りの花の酒。今まで飲んだものよりも甘くて、強くて、身体にとけ込むようだ。

食事を終えて出ると店の外に大きな車が横付けされて、当たり前のように千鶴が秋乃に後部座席に乗るように命じた。

運転席には見たことのない男がいた。大学生、いや、それよりは少し上ぐらいか。清潔感のある男で、最近ドラマで名の売れた俳優によく似ている。

「友達なの。秋乃ちゃんに紹介したくて」

そう言いながら、千鶴は秋乃の手をぎゅっと握る。

何かおそろしいことが起こりそうだ――。

そんな予感はしたけれど、甘い酒と千鶴の匂いは秋乃の力を奪っていた。


そのあとのことは、今まで誰にも言っていない。

車を三十分ほど走らせただろうか。訪れる睡魔に抵抗できず、秋乃はうとうとしていた。

「秋乃ちゃんが、しょうもない男にされるのが嫌なの。秋乃ちゃんのことが、私は本当に好きだから」

千鶴が誰に向けてそう言ったのかもよくわからないが、「好き」という言葉が嬉しかった。

ふたりに引きずられるようにしてホテルに入った。

いけない、危ない、と頭ではわかっていたが、身体がいうことをきかない。何よりも千鶴に対して安心感があったから、結局は従ってしまった。千鶴の言うとおりにすれば、気持ちのいい、身体が悦ぶことを得られるのだから。

花の匂いは危険だと、大人になった今ならわかる。虫を誘う匂いなのだと。

そして秋乃はあまりにも耐性がなかったことも今なら理解できる。男にもそうだが、女のたくらみにも無防備すぎた。

やはり自分は安全なところで守られて育ったのだ。そして「賀茂の家」の娘であることも、自分を守る鎧だったのだと、あとでわかるようになる。

家族にも世間にも大事にされて、それを当たり前のように受け止めていた。

千鶴のことだって、その言葉どおり、自分を想うがゆえの行動だったと、今でも信じている。信じたいのだ。

「秋乃ちゃんの処女が変な男に奪われるのが私は嫌なの。でも私は秋乃ちゃんのことを抱いてあげられない。これは秋乃ちゃんを守るためなのよ」

男にのしかかられた秋乃を眺めながら、千鶴は繰り返しそう言っていた。

秋乃はさほど抵抗しなかったので、あれはレイプなどではない。

幼い頃に見た、服を着たままの男と女が抱き合い声を混ざらせながら快楽に没頭する姿――

あのとき、女は泣いていた。悲しい涙ではなく、悦びの涙だということは、幼い秋乃にもわかった。

この男に抱かれて幸せなのだと、嬉しいのだと、女は泣いていた。

あんなふうになれるのではないかと期待もしていた。

千鶴のおめがねにかなった目の前の男は確かに美しく、清潔感があり嫌悪感はなかった。

それでもよく知らない初めて会った男に、女の見ている前でなんて、異常なことだし、それをしてしまった自分は、何かが壊れているのか、ねじが外れているのだろうか。

きっと、後者だ。ねじが外れているのだ。

娘たちのいる家で、鍵もかけずに男と交わっていた母親と同じで。

やはり私はあの母の娘だ。愚かな少女のままの母親と。

秋乃は声をあげてみた。気持ちいいのかどうかわからないままだったが、自分から感じてみようとした。

そんな秋乃の様子を見て、千鶴が目を輝かせ嬉しそうに身を乗り出したのがちらりと見えた。

男のものを差し込まれた瞬間は痛みが走ったが、受け入れることができた。

あの時のことは、本当によく覚えていないのだ。酔っていたせいなのか、千鶴に見られつつ美しい男に抱かれるという異常な状況を受け入れ難かったのか。おそらくそのどちらでもあったのだろう。

ただ、男が果てたあとに感じたのは失望だけだった。

予想していたよりも、ずっとつまらなく退屈だった行為に対しての失望だ。

あの日、自分が見た、父ではない男に抱かれた母が得た悦びにははるかに及ばない。

車で家の近くまで送られるあいだ、千鶴はずっと秋乃に喋り続けていた。ごめんなさいね、痛かったでしょ、でも秋乃ちゃんのためにしたことなの、と。

秋乃は生返事を繰り返していた。腹が立っていたわけでも、悲しいわけでもなく、ただ眠かったのだ。家に帰り、家族に「ただいま」と声をかけて、ご飯を食べて、自分の布団で早く眠りたかった。


あのあと、千鶴には二度ほど誘われたが、理由をつけて断った。嫌いになったわけではないが、やはり冷静に考えると怖くなったからだ。

行為そのものが、ではなく、人に知られることが、だ。

「賀茂の家」の娘である自分が、よく知らない男と先輩の前で、ほろ酔いのまま処女を喪失したなんて誰にも言えないし、知られてはいけないことだった。

千鶴からはしつこく誘われることもなかったが、一度だけ学校ですれ違った時に「ごめんなさい」と声をかけられた。

千鶴は国立の芸大の受験を失敗して浪人したが、次の年も、その次の年も受からず、外国の大学に入学したものの結局中退したのだと風の便りに聞いた。千鶴の両親が離婚して、その原因が母親のアルコール依存症だというのは、週刊誌に小さな記事で載っていたのを偶然、美容院で見かけた。

秋乃は変わらずに、男に関心がないふりをして女の世界を生きてきた。それは女に嫌われないというだけではなく、くだらない男を寄せつけないためにも有効なのだ。つまりは愚かな自分の身を守るための手段だ。

たまに、美術館に訪れる調子のいい客などに「可愛いねぇ」とからまれることもあったが、そんな時に同じ職場の人たちが「雪岡さんは、いいおうちのお嬢さんだから」と守ってくれた。若く少女のような美貌を持ち、自己主張をせず淡々と仕事をして男の匂いがしない秋乃は「処女だろう」と噂されていたことも知っている。そしてそのことにより、二十代の半ばまでは自分の価値が上がっていたことも。

男に関心がないわけではない。いや、男そのものには実際に関心がないのかもしれない。自分が惹かれていたのは、あの行為だ。

母が男を腹に乗せていた、あの行為。あの行為の秘密を知りたいとは、ずっと思っていた。けれどどうやら、それには恋愛という手順を踏むのが普通の流れらしい。そうでない行為は、「お嬢さん」の自分にはふさわしくないし、非難をされる。

人の期待を裏切れば非難され攻撃されるのが「世間」というものなのだ。そして京都に生まれ育ち、老舗料亭の娘として、あの大きな家で暮らし続ける自分は、人より「世間」というものを気にしなければいけない。

それは秋乃が生きるにあたっての重荷などではなく、むしろ自分を守ってくれる便利なものだった。

春樹のような優秀さもなく、美夏のような堅実さや「家庭」を持つことへの強い意志もなく、また冬香のように家を飛び出す気力も目的もない自分にとっては、世間の目は便利な殻だった。秋乃は世間に守られ、男とつきあったことは結局ないままだった。同僚や高校や短大の同級生たちと遊びに行くことは多かったが、男とつきあったことは結局ないままだった。職場の人に紹介されたり、仕事関係者に声をかけられたりと、縁がないことはなかった。言われるがままに会ってみたことも何度かあるが、普段、男と接してこなかった秋乃は自分から話題を提供するのが苦手だったし、男の話もたいしておもしろくはない。話が盛り上がらないまま、次がないというパターンばかりだった。

秋乃と会った男たちが、「雪岡さんはお嬢さんで、おとなしくて、綺麗だけどつきあうのは難しいね」「お高くとまってるような気がした。いかにもいいとこのお嬢さんぽい」「あれだけ隙がないと、手を出せない」「可愛いけど、彼女にするのは大変そう」などと言っていることも耳に挟んでいた。

あの年で処女で、男とつきあったこともない女に手を出すのは怖いよ――とも。

自分は処女ではないし、お高くとまっているつもりもない。今は、「いいとこのお嬢さん」でもないのに。けれどそれを訂正する術もないし、する気もない。

男という生き物は、何故そんなに表面しか見ないのか。そんな者と一緒にいることは面倒でしかない。だから恋愛にも興味は持てない。他の女たちのように恋に憧れることなどできない。

三十歳を過ぎて、美夏から「結婚」をうるさく言われるようになり、今まで秋乃を守ってきた「世間」の目も変わりはじめたことに気づいた。

初心なお嬢さん――それが今までは好意的であったはずなのに、いつのまにか「三十歳まで男っ気がないなんてよっぽど変わっている」「いつまで自分の値段を吊りあげているんだろうか」「あんなに美人で男の気配がないのはおかしい」となる。

仕事だって不安定なのにのんきすぎると美夏は言うが、そんなことわかっているけれど、どうしようもないのだ。

気づいている、自分だって。世間や家に守られ頼っているうちに、そこにとらわれて、何もできないまま年を取ってしまっていることは。

不安だって、態度や言葉に出さないだけでちゃんと感じている。出してしまうと本当になってしまうから、それが怖い。

自分には美貌以外の武器がないことにも気づいたし、その美貌だってたいして使わずにきた。人と戦いたくない、嫌われたくないから――そうやって生きてきた結果がこれだ。

美夏のすすめるように、「経済力のある、堅実に生活している人と結婚して安定を求めること」が、ひとりで生きていく能力のない自分には最適な道なのだろうこともわかっているけれど、恋愛にも興味がなく、男と会話が弾まない、人に言わせると「何もかも受け身」な自分はどう動けばいいのかわからない。

それに、三十四歳となった今だからこそ、もし結婚するとなれば誰でもいいわけにはいかない。きちんとした家の、経済力のある男でなければいけないではないか。

それは美夏を見ていて思うことだった。美夏の夫の伊久雄は、温厚ないい人ではあるけれど、勤めている会社は安月給で、だから家を離れられないし、美夏は子供を育てて家のことをしながらも和裁の仕事をしていた。

もう家にかつてのような裕福さはないからこそ、姉はもっと家柄もよく経済力もある相手を選ぶべきだったのに。もっともあの頃は、まだ自分も含めて誰もが、ここまで世の中の景気が悪くなるとは思ってもみなかった。

秋乃があれから男に触れなかったのは、恐怖もあった。

自分が母のようになってしまったら、どうしよう、と。快楽に身をゆだね、子供の目にもそれを晒した母のように。

自分のようなねじが外れている女が、快楽を手にしてまともでいられるだろうか。

誰よりも、ここから動けない、ひとりでは生きられない、自分が。

こんなことは誰にも話せないし、話さずにきた。ましてや恋愛に興味はないけれど、快楽には惹かれている、そのくせ安定したきちんとした相手としか結婚したくないなんて、勝手なことを口にできるわけがない。

三十歳を過ぎて、自分のちぐはぐな欲望を自覚するたびに、不安が訪れた。

そんな時に、偶然にも千鶴と再会したのだ。

かつて自分の扉を開いたまま疎遠になった女と。

南座の前で千鶴と待ち合わせた。千鶴の手には弁当のつつみがある。

美術館で再会した翌日に、連絡があり、南座の歌舞伎の興業に誘われた。チケットがあるから、一緒に行く人を探してるのだと。

断る理由はなかったし、歌舞伎なんて久々だ。自腹で行くことはなかなか今の経済状況では難しいことだった。

「美濃吉のお弁当、買ってきたから幕間に食べよ」

「ごめんな。うち、そんな気いきかへんかったわ」

「いいよ、私が誘ったんだし」

秋乃がお金を差し出すが、千鶴は受け取らない。

千鶴の隣に座ると、香水が漂ってきたが、昔と違う香りだった。覚えのある、ありふれた香りに、わずかに失望を覚える。

歌舞伎は若手の役者たちが中心となっている舞台で、話もわかりやすく動きがあるので楽しめた。

「千鶴ちゃんは、今、何してんの？」

秋乃は幕間に弁当を開きながら、ごくごく自然になるように問いかけた。

「ふらふらしてる。気楽な身分」

音楽の道を諦めたのかとは聞けなかった。自分だって、人のことをどうのこうの言えたものではない。

けれど正直、残念だった。

あの、文化祭で体育館を沸かせた声は、世間に出ることがなかったのだということが、ひどくもったいない。

けれどそれは千鶴だけではない。あの頃、皆が語っていた「将来の夢」を実現したものなどほとんどいないのではないか。

いい大学に進学した同級生だって、そこで知り合った男と結婚して主婦となりスーパーのレジ打ちをしているのを見かけた時には、人を職業で見下してはいけないと思いつつも、切なくなったものだ。

学生時代、未来を信じ輝いていた少女たちが、つまらない男と結婚し、平凡な母になっていくのを見るたびに、秋乃はそうなりたくないと現実の男たちから遠ざかる。

久々の歌舞伎鑑賞は楽しかった。終わると千鶴に誘われるのではと思っていたのだが、あっさりと「また遊ぼうね」とだけ告げられて別れた。

残され寂しく京阪電車に乗り込み、物足りない気分をもてあまして自分が何か期待をしていたことに秋乃は気づいた。


「秋乃ちゃんには謝らなくちゃと、ずっと思っていた」

そう切り出されたのは、二度目の歌舞伎鑑賞が終わったあとだ。

南座を出て、人通りの多い四条通を横切り祇園に向かう。軽く一杯と、バーに誘われたのだ。

会員制らしく路地の奥にあり看板が出ていない。メニューにも値段が書いていないので、ふと秋乃は不安になるが、察したように千鶴は「ここは私のツケがきくから大丈夫」と言った。

　ふらふらしている気楽な身分――千鶴はそう言うが、完璧なほどに塗られた化粧や、質の良い服からは、安定した経済力がうかがえる。

「謝るって、何を」

「決まってるでしょ」

　秋乃は自分がどうして、花の香りの甘い酒を頼んでしまったのかと考えていた。普段は飲まないから、ソフトドリンクでいいはずなのに。

「気にしてへんから」

「そんなわけないでしょ。秋乃ちゃんの大切なもの奪わせちゃったんだから」

　本当に、たいして気にしていないのだと訴えても信じてもらえるだろうか。期待外れの初体験は、秋乃にとっては過去の出来事のひとつにすぎないのだと。

「秋乃ちゃんが独身なのは、私が悪いんじゃないかって責任を感じてたの」

「まさか」

「ずっと罪悪感で苦しかった……だから秋乃ちゃんの前に顔を出すことができなかった」

　千鶴の目に涙が浮かんでいるのに気づき、胸がつまる。

　どうして他人は、こう勝手に自分はこうだと思い込もうとするのだろうと鼻白みながらもこちらが申し訳なさを感じてしまう。

「うちが独身なのは……のんびりしてるからってだけやで。家が居心地がよくて、生活を変える気にならないっていうか……」

それも本音だった。結婚してもたびたび家に戻り「ここのお風呂が一番いい」と泊まって帰る姉の春樹ではないが、もし経済力のない男と結婚して狭い家であくせく働いて暮らすとか、舅や姑と同居して窮屈な想いをするなんて考えられない。

姉たちが反面教師にもなっていた。マンションが居心地悪いという春樹や、稼ぎの少ない男と結婚したから家から離れられず、子育てをしながらできる仕事をと和裁をはじめた美夏を眺めていたら、年々簡単に結婚する気にはなれずにもいた。

「それならいいけどさ……。しょうもない男と秋乃ちゃんが結婚するのも嫌だけど、ずっと独身ていうのもなんだか気になってね。久々に会ったら、全然変わってなくてびっくりした、可愛いまんまで」

秋乃は琥珀色の液体が注がれたグラスに目を落とした。

「覚えてる、秋乃ちゃん？」

「ん？」

「ピアノの練習室で、ふたりでしてたこと」

顔が火照るのは、お酒のせいではない。

一瞬にして記憶が呼び覚まされた。

香りに酔わされ力を失ったことを、千鶴の指や唇に肌が震えたことを、千鶴に全てをゆだね、心と身体を開いていったことを。

「楽しかったな。秋乃ちゃんが可愛くて、すごくいやらしくて……おとなしくてまじめな娘だと思ってたから、びっくりしたの」

「そんなこと――」

否定しようとして、言葉を切る。

千鶴の言うとおりなのだ。自分は本当は、いやらしい女だ。恋愛には興味はないけれど、いやらしいことには興味がある。けれどそんな自分を自覚してるからこそ、男と縁遠くなっていく。

男に興味がない、関心がないふりを続けてきて、周りにもそう思われるようになったけれど、性欲がないわけじゃないし、潔癖でもない。

気持ちがいいことをしたいと思い続けてきた。けれど、それを与えてくれる相手に巡り合えないまま、年だけ取ってしまっただけなのだ。今さらどうすればいいのか、わからない。ハードルだけが年々高くなり、現実が遠のいていく。

「秋乃ちゃんて、本当はいやらしいよね。私はわかってる」

こくりと秋乃は頷く。そうだ、千鶴だけは知っている、自分のことを。

がんじがらめで何もできない、必死で自分を守っている自分のことを。

結局傷つきたくないのだ、安全なところにいたいのだ。いつまでも「お嬢さん」でいようとしているのは自分自身だ。

中学校でいじめを受けてから、人と争わず、目立たず嫌われず生きていこうとしていた。

だから、恋愛に興味もなかったのかもしれない。誰かを好きになることは、誰かと争い、嫌われ、敵をつくることではないか——そう思って目を背けて逃げてきた。

本当はいやらしいことをしたい、気持ちよくなりたい。けれど「秋乃」という世間が思っている自分自身を壊すことができないままでいる。そのことに不安を感じ苛立っていることは誰にも言えない。

もしも、誰か自分を存分に愛してくれる男がいたならばと考えないこともないけれど、そんな都合のいい出会いなど、ない。

「秋乃ちゃんには、秋乃ちゃんにふさわしい人と結ばれて欲しいの」

千鶴はグラスをゆらし氷の音を立てた。

「ふさわしい人って、どんな人だか自分でもわからへんねん」

「私ならわかる。秋乃ちゃんのこと知ってるから。ねぇ、今から友達がここに来るから、紹介するね」

秋乃は一瞬にして酔いが醒めて身体をこわばらせる。高校生の時に、車に乗るように言われて初めて会った男にホテルに連れていかれた記憶が蘇った。

「警戒しないでね、身元のちゃんとした人よ。ちゃんとしすぎるほどの人。『賀茂の家』の美人で有名なお嬢さんと知り合いだって言ったら、紹介して欲しいって言われたの」

まるでどこからかふたりの会話を聞いていたかのように、扉があいた。

「――――」


千鶴がその男の名を呼ぶと、店内にいた三人の客がそちらを見て驚いた顔をした。

秋乃自身も呆然とした表情を隠せない。

千鶴が親しげに手招きしたのは、さきほど観た歌舞伎の舞台で準主役を務めていた歌舞伎役者だった。

「かっちゃん、お疲れ」

かっちゃん――克己というのがその男の本名だとあとで知ることになる。

舞台でしなやかな動きを見せて喝采を浴びていた男の素顔の美しさと、Tシャツの上からでもわかる鍛えられた筋肉に溜息が出そうになった。

「ほんとだ、千鶴の言うとおり、可愛い人だ。僕は子供の頃よく、父親に連れられて『賀茂の家』に行ったんですよ。いつか一人前の役者になったら、自分のお金でこの店に来たいと思っていたんです。あのお店は、僕たちにとって成功者の象徴だったんです。そこのお嬢さんと知り合えるなんて嬉しいな」

男がすっと握手を求めて右手を差し出してきた。

秋乃はこの男の手に触れただけで誰にも羨まれるだろうと思いながら、手を伸ばした。

男からは、かつて千鶴が漂わせていた懐しい香りがした。

美術館を出て歩いて、四条河原町に向かう。

紅葉の季節で、道路は観光バスと車で渋滞している。この時期は自転車か徒歩で移動するほうがマシなことを京都に住む人間なら知っている。

秋の京都というのは四季を通じて一番騒がしい。あちこちの燃えるような朱の紅葉は鮮やかで好きではあるけれど、京都に住む人間にとって過ごしにくい季節だ。

紅葉狩りのついでか美術館も来客が増えて、忙しいから甘いものが欲しくなる。

店に着くと、風見は猫のゆきを膝の上に乗せて本を読んでいた。

「秋乃ちゃん」

「お邪魔やったら帰るで」

「まさか」

秋乃はさきほど四条河原町の髙島屋で買ったばかりの鶴屋吉信の「つばらつばら」を差し出した。

風見は甘いものが好きだ。柔らかくもっちりした生地で餡こをはさんである「つばらつばら」はひとつから買えるので手土産にちょうどいい。

「秋乃ちゃんと春ちゃんはよく来てくれるけど、美夏ちゃんと冬香ちゃんは来ないな」

「美夏は家のことで忙しいし、だいたい子連れやからなぁ。子連れで骨董屋は来られへんやろ、冬香は風見さんのことよう知らんしな。風見さんがうちに出入りしてたのは冬香が生まれる前やったし、風見さんも東京行っちゃったしな」

自分だって、あの頃の風見の記憶などほとんどないに等しいけれど、春樹がやたらと風見になついたことだけはうっすらと覚えている。

昔、もしかしたら春樹は風見のことが好きだったのかもしれないと、最近になって気づいた。あの頃だけではなくて、今でも気にしているようだ。

春樹は本人が思っているより、わかりやすい。好きとか嫌いの感情が態度に出やすいのだ。

あれは半年前だったろうか、春樹にいきなり「秋乃、風見さんの店によく行ってんやってね」と話しかけられて、きょとんとしてしまった。

「うん、ええ店やからね」

「秋ちゃんは骨董品とか好きやもんね」

「そうなんよ。時間を忘れてしまうわ」

「へぇ……。でも、ええ年の独身の女が、男の人とふたりきりであの狭い店にいるのを見られたら、何か噂をされるかもしれへんから気をつけてな」

と言われた。

普段、美夏のように秋乃の行動に何か注文をつけない春樹にしては珍しいと思ったが、そのときに一瞬だけ見せた気弱そうな表情で、秋乃が風見の店に行くことを春樹が嫉妬していることに気づいた。

「あの人、全然、男いう感じしぃひんわ」

そう秋乃が言ったのは本音でもあったが、春樹に対しての気遣いでもあった。

春樹は「そうやんね」と同意したふりをして、安堵の笑みを浮かべた。

風見も春樹のことは、本人が思ってるよりもわかりやすいと言うけれど、秋乃も同意見だ。しっかりしているようで抜けているし、意外に子供っぽい。

それは春樹の可愛らしいところだと思っている。自分に利のない恋愛を繰り返すところも、愚かだと言えばそうかもしれないが、春樹という女の純粋さに思えた。

だからこそ、春樹が今は結婚した相手に対して興味を失っているだろうということも、普段の言動や行動から察せられる。

「秋乃ちゃん」

「ん？」

「何かあったの？」

「おかしい、うち？」

「今週、ここに来るの三回目。しかも今日は手土産まで」

「他に行くとこないねん」

それは本当だった。

家にいても落ち着かないし、こんな時に美夏にまたお見合い話でもされたらいらついてしまいそうだ。

友人たちは結婚して子供がいる者も多いし、そうではなくても忙しくしているから、こんなふうにふらっと都合よく話し相手になれる人はいない。

「嫌やったら言うてな」

「そんなことない、秋乃ちゃんがいてくれるとホッとする」

「うちも」

自分には姉しかいないが、もし兄がいたらこんな感じなのだろうかと、たまに考える。年の離れた兄が。

「風見さん」

「ん？」

「お母ちゃんのこと、覚えてる？」

「うん、そりゃあね」

「誰もが、うちはお母ちゃんそっくりやって言うねんけど、そう思う？」

「顔はね。でも、中身は全然違う」

「そう。でも、お母ちゃんと一緒やと思う人、多いねん。おとなしくて、従順で、だから家から出ない、京都から出ないって。そうやないんやけどなぁ。それにお母ちゃんやって」

秋乃は自分の頬に指をあてる。

お母ちゃんかて、「仲の良い家の、ええ奥さん、お嬢さん」やったんと違う。誰もほんまのことを知らんだけや。

あれから一度だけ、千鶴とあの歌舞伎役者と三人でバーで飲んだ。

会話が豊富で仕草もスマートで、世の中にはこんな完璧な男がいるのかと秋乃は見惚れた。

そしてその男と親しげに話す千鶴をも見直した。

あの男は、三十代後半だが未だ独身のはずだ。千鶴とはどういう関係なのか気にはなったが、なんとなく男は秋乃への好意を匂わせてくることに気づいていた。千鶴がそれをすすめていることも。

初めて三人で飲んだ夜、男が翌朝が早いからと先に席を立ったあと、千鶴はこう言った。

「どう、あの人?」

「どうって……舞台やテレビで観るよりも実際のほうが素敵やね」

「でしょ。いい人なのよ、人間ができてるの。非の打ちどころがないのよね」

「なんで、あの人が独身なんやろ」

父親も歌舞伎役者であったはずだ。後援会などもあるし、跡取りのために結婚をさんざん勧められただろうに。

「理想が高いって、言ってた」

千鶴の言葉に秋乃は軽い失望が胸に広まった。

何かを期待していたわけではないけれど、失望するということはやはりどこか夢見ていたのだろうか。

「だから秋乃ちゃんに紹介したのよ」

千鶴が意外な言葉を口にする。

「え、うちなんか」

「あいつの好みのタイプ聞いてるとね、もう秋乃ちゃんしかいないなって思ったのよ」

自分は、色白で小柄で大きな瞳で――美人とは確かに言われるが、けれどどこにでもいる、なんとでもなる程度の「美人」呼ばわりだとは自覚はしている。

芸能界なんて、もっと目を見張るほど美しい女がたくさんいるだろうに。

「女優とかモデルとかからもよく言い寄られるみたいだけど、きちんとした家で真面目に育った人がいいんだって。案の定、秋乃ちゃんのこと気に入ったみたいで、嬉しい。私も安心した。あの頃と同じ気持ちよ、秋乃ちゃん可愛いから、変な男やろくでもない男のものにしたくないの」

千鶴は歌うように軽やかにそう言った。酔いがまわっているのだろうか。

そういえば、千鶴はどこであの男と知り合ったのだろう。

何も期待してはいけない、心ときめかせてはいけないと自分に言い聞かせながらも、秋乃の胸がこんなにざわめいたのは初めてのことだった。

今まで、「身を守ってきた」甲斐があったのかもしれない、あんな男に出会えるなんて。

自分がこうしてあの男と会っていると知ったら、きっと誰もが羨むだろう。

姉たちも、間違いなく嫉妬するはずだ。今まで、さんざん「男っ気がないなんて、おかしい」と自分を見下してきたのだから。

自分の生き方は間違っていなかった。傷つかぬよう、人と争わぬように身を守り、「お嬢さん」を演じていたからこそ、あのような普通の女がたやすく触れることができないような男と親しくなれるかもしれないのだ。

この感情は、決して恋ではないことは自覚している。恋と錯覚しそうにはなっているが、自分は冷静だ。まだ恋じゃない、これから恋になる予感はしているけれど――。

それでも気持ちが落ち着かない日々を過ごしていた。期待と不安が揺れ動く。期待して裏切られた時に傷つくのが嫌だから夢など見ぬように生きていこうとは思ってはいるが、テレビであの男の顔を見かけるたびに、心がざわめく。

風見の店に寄る回数が増えたのは、こうして人と話すことで気を紛らわせるためだった。

この男にならば、打ち明けてもいい気がした。

「四季子さんと秋乃ちゃんは、猫が好きなとこは似てるかな」

「猫？」

秋乃の膝の上でゆきがにゃあと声を出した。自分の話をしているのに気づいたのかと秋乃は笑みがこぼれる。

「そういえば、昔は猫を飼ってた気がするなぁ」

「四季子さんが可愛がってる猫がいたんだ。こいつよりももっとぶよぶよしたやつだったけど」

「いつのまにいいひんようになったんやろ。よう覚えてへんわ」

「ある日、ふとどっかに行ったらしくて、四季子さんが泣いてたの覚えてる。それからはもういなくなるのが嫌で飼うのをやめたんちゃうかな」

子供の頃、確かにそんなことがあったような気がする。姉たちは猫にたいして興味がなかったから、関心がなかったことも。

「秋乃ちゃん、竹久夢二の『黒船屋』って絵、知ってる？」

「あの猫を抱いてるやつ？」

「そうそう。あの絵を見るとね、四季子さん思い出すんだよ。あんな感じで、ちょっと寂しそうな表情をして猫を抱いてた」

「うちがゆきを抱いてるのは？」

「秋乃ちゃんは、ちょっと違う気がする。秋乃ちゃんはあんまり寂しそうに見えないんだよ。春ちゃんのほうが、ずっと寂しそうにしてる、あいつは欲張りだから、いつまでたっても満たされない」

　そう言って、風見は何が楽しいのか笑みを浮かべた。

「夢二の『黒船屋』は、恋人だったお葉さんを描いたものなんだ。夢二は恋愛を繰り返し、恋人をモデルにして描いてきた作家だから」

「夢二って、京都にも住んでたことあったんちゃうかな」

「そうそう、さすが秋乃ちゃん。たまきっていう妻がいたけれども画学生の彦乃と恋愛した。けれど彦乃の父親に反対され、引き裂かれた。夢二は京都で彦乃を待って清水寺に行く途中の二年坂に住んでいた。彦乃が来ると、ふたりで高台寺の近くに住んでたらしい」

「けど、彦乃は父親に連れ戻されて、死んでしまうんやなぁ」

「そう——結ばれなかったふたりの思い出の地が、京都なんだ」

「『黒船屋』のモデルの人は、そのあとの恋人？」

「そう、傷心の夢二が出会ったのが、お葉さん。もっともその名前は夢二がつけたもんなんだけどね――結局夢二はお葉さんにも去られてしまうけど」

秋乃は夢二が最後はひとりで亡くなっていったことを思い出した。

恋愛を繰り返しながら、どの女性とも添い遂げなかった夢二が、目の前の二度離婚して今は父親と暮らしている男と重なる。

どうして癖のように恋愛をする人間ほど、孤独な末路をたどりがちなのだろう。

春樹も、そうだ。

そう考えると、恋愛なんてひどく不毛で人間を摩耗するだけのもののような気もする。

「なぁ、風見さん」

「ん？」

「歌舞伎役者の――さんて、知ってる？」

「もちろん知ってるよ。何年か前に大河ドラマにも出てたし」

「千鶴ちゃんが、友達やねん」

「そりゃあ……」

風見は膝の上のゆきを撫でながら、言葉を探しているかのようだ。

「紹介してもらって、会っててん。いい人やったわ」

秋乃は自分の声に優越感が混じってしまうことに気づいた。

「そうか。でもああいう人たちの住む世界は特別だから、あんまり近づかんほうがええんちゃうかな」

風見の言葉は秋乃の期待しているものではなかったので、それ以上、話すことはやめた。

風見の店を出て、秋乃は人の多い新京極から寺町通に行き、京都御苑の隣を歩いて家に向かった。普段ならバスを使うのだが、なんとなく歩きたかったのだ。

ふと覚えのある匂いで足を止める。

京都御苑の垣根の隙間から、小さな橙色の花がわずかな輝きを放っていた。

金木犀だ。あの、千鶴に飲まされた酒の花。

金木犀の匂いはそれまで好きではなかった。トイレの芳香剤のようだと思っていた。けれどその香りの酒を知ってから、可憐で小さく儚げな花なのに強く甘い香りを持つこの花が好きになった。

金木犀の香りを嗅ぐたびに、千鶴と過ごしたあの時間が蘇ってきたのだ。ゆっくりと自分をまとうものをとかし、悦びをときはなってくれた時間を、千鶴だけが自分の望むものを知っていてくれる。

家に帰ると美夏は離れに戻っており、冬香は不在で、母屋は誰もいなかった。

秋乃は化粧を落とし風呂に入ろうと鏡の前に立つ。

お母ちゃん。

母は自分が小さい頃、恋をしていた。父以外の男に。

けれどその恋は成就しなかったのであろう。だから母は家から離れなかった。

目の前で男とからみ合い、悦びの声をあげていた母は、どうしてその男と一緒にはならなかったのだろうか。恋をして抱き合っていても、家から離れられなかったのは、自分を守ってくれるものから離れ、防御が攻撃に変わるのが怖かったからではないだろうか。

その怖さは、今ならば、なんとなくわかるような気がする。

父は母の恋に気づいていたのだろうか、気付かないはずがない。

母はあまりにも迂闊で愚かな女だったもの。父に隠し通すことなど、できないだろう。

父の出奔は母の恋が関係しているような予感がしていた。根拠などないけれど。

母は動けなかった、この家から、この家族から、この場所から。

私は、どうするんだろう。

私は――この家を出るんだろうか、出るべきじゃないのか。

母はいいのだ、家にいたままでも。守ってくれる家族と大きな家があったし、豊かな時代に生きてきたのだから。

けれど自分は違う、この家だっていつどうなるかわからない。守ってくれる人もいないのに、ひとりで生きていく自信がない。

変われるきっかけが欲しくて、待ち続けていて三十歳を超えてしまった。この先、どんどんと生きることが厳しくなっていくだろうことはわかっている。

自分は姉や妹たちが思うほど、愚かではない。母とは違うのだ。

今、千鶴と再会し、あの役者と出会い、大きなうねりが自分の周りで起こっているような気がしてならなかった。

千鶴との再会で、身体の悦びの記憶が呼び覚まされている。期待に震えたあの記憶が。

本当の秋乃を見抜いているのは、おそらくこの世で千鶴だけだ。その千鶴が導いてくれるのならば、世界は変わるかもしれない。

風呂からあがり、居間の電気をつけて、椅子に腰かけ、ワインを飲んだ。今日はこのまま、眠れそうにない。

ガタン、と背後から音がして驚いてうしろを振り向く。

「あれ、秋ちゃん起きてるんだ」

冬香がいた。

「今、風呂あがったところ。冬ちゃんこそ、今帰ってきたんや」

「うん。それにしても、ワイン飲んでるなんて珍しいね。私ももらおうかな」

冬香は立ったまま、グラスにワインを注ぎ、ぐいっと一気に飲んだ。

「なぁ、冬ちゃん」

「ん？」

「冬ちゃんは、ずっとここにいるん？　この家に」

「え……」

冬香が困惑した表情を浮かべる。

「いいひんよ。あくまで今、家におるのは一時的な避難所みたいなもん。ひとり暮らしはじめるのってお金かかるやん。東京から京都に戻ってくる費用で貯金は全部消えたよ。だから、お金が貯まったら、出ていくつもりやで」

そう言いつつも、二年半以上もいるではないかと秋乃は内心思っていた。アルバイトと言っても、家賃の支払いがないのだから安い部屋を借りられるぐらいの貯金は普通ならばできているだろう。

結局この家に甘えているのではないか。

「そういう秋ちゃんは、どうなん」

「どうって」

「美夏ちゃんが、秋ちゃんにいい人いいひんかとかいつも言うてるやん。あれって、出ていけってことちゃうの」

そんなふうに考えたことはなかったが、言われてみれば冬香の言うとおりだと、秋乃は胸を針でチクリと刺された感触があった。

自分がここにいることを姉は望んでいない——そんな発想もあるのだと今はじめて気づいた。

「秋ちゃんは、それでもずっとここにいはるんやろね。美夏ちゃんも」

秋乃が答えないでいると、侮蔑のニュアンスを込めた口調で、冬香が言った。

言い返すことが、できない。

私は出るのよ、ここを出て、もっといい場所に行くんだから、あんたたちと違って、あんたたちが羨むような世界に――。

そう言い返したら、さぞかし気持ちがいいことだろうと思いながら、黙っていた。

どうせ都会で過ごして、男の匂いを漂わせるようになっただけで、どこか世間を知って見下している態度をとるこの妹に、口で勝てるわけがない。

口に出せないなら、行動に出て結果を見せるしかない。

変わりたいと思ってるのは、あんただけじゃない、私もだ、と。

花の酒にもようやく慣れてきた気がした。舌の上で転がしながら味わっていけば、酔う前に味わえる。

そのバーで千鶴と歌舞伎役者と会うのは三度目だった。客は三人しかいなかったし、マスターも暇そうに腰かけて本を読んでいた。

男が来て三十分ほどしたら、千鶴が「用事を思い出した」と言って席を立った。

わざとらしい態度だ。第一、千鶴は中座しながら笑っていたのだから。

予感はしていたのだ、秋乃も。けれどふたりで少し話すと、すぐに言葉につまってしまった。

やはり自分は男と話していても、話題が途切れてしまう。しかし今日はいつもより飲んだ酒が緊張を緩和してくれていて、沈黙にもそう脅えてはいない。

「そろそろホテルに帰るよ、明日も早いんだ」

男が席を立ち、秋乃もあとを追う。

タクシーを広い、男が先に自分をホテルでおろすように運転手に告げた。

「ごめんなさい、千鶴ちゃんがいいひんと、退屈させてしもたかも。うち、おもしろない女やから」

小声で秋乃がそう弁解すると、待っていたかのように男は秋乃の膝に手を置いた。

「そんなことない。秋乃ちゃんとは話をしなくても、一緒にいるだけで安心する」

男のしなやかな、舞台で扇を持っていた指が、秋乃の膝を割って指を滑り込ませた。

秋乃は声を抑える。

抵抗はしない、できるはずがない。男が触れてきた瞬間、身体を震わせたのは嫌悪感などではないからだ。

これは恋ではない、愛でもない。それぐらいはわかる。

けれど身体がこの男の指を待っていた。

男が秋乃に覆いかぶさり、唇を近づけた。それを受け止めるかのように、秋乃の唇もゆるみ容易に舌の侵入を許していた。

舌が秋乃の中をはいずりまわり、かき回す。

「ぁあ……」

男が口を離した瞬間、秋乃の声が漏れた。

あの声だ。母が男に抱かれてこぼした声――。

それを自分は意識せずとも発してしまった。

タクシーの運転手は気づいた様子はなかった。あるいは気づいてないふりをしているのか。

「感じやすいんだね」

男が手で秋乃の口を塞ぎながら、耳元に小声でそうささやく。

同時の男の指が秋乃のスカートの中に吸い込まれるようにすすんでいき、既に湿っていた下着の布に触れた。

「こんなに濡れて……やっぱり秋乃ちゃんはいやらしい娘だ。おとなしそうな顔して、キスだけなのにこんなになってるなんて。千鶴の言ってたとおりだ——」

男の指が弦をはじくように動いた。


夜の下鴨神社の参道に、秋乃は立ちすくんでいた。

身体は熱くなり高ぶっていて、自分自身で表情が弛緩しているのがわかる。

こんな顔のまま家に帰ったら、姉や妹に悟られるかもしれない。気づかれるのは、まだ早い。

男はタクシーの中で指で秋乃をもてあそんだが、「残念だけど明日、本当に早いから、次回へとっておく」と言って、容赦なくホテルに帰っていった。冷たく突き放された気はするが、それが男への執着を生み出そうとしていた。

ひとり残された秋乃はタクシーの中に自分の匂いが充満しているような気がしていたたまれないまま、下鴨神社の前で降ろしてもらった。

酔いを覚まさなければ帰れない、姉や妹たちのいる家には。

目の前の鳥居の向こうの原生林に囲まれた暗い道の奥には闇しかない。

今は紅葉の盛りの季節で、鳥居と同じ朱色で彩られているはずなのに、闇にはどんな色も太刀打ちできないのだ。

けれど、この闇が、今は心地いい。

自分は孤独であると、ずっと思っていた。誰にも自分のことはわからないから、心を開くなど、できやしないと。

この闇の向こうには何が待ち受けているのかわからない。何も聞こえず、見えもしないのだから。

けれど今はそこに吸い込まれることが、自分の唯一の人生を照らしてくれる指針のように思えた。

自分をとらえるものから逃れることができるかもしれないと。

だって、私はあの声を出した。タクシーの中で、あの男に唇を触れられながら、母のような声を意図せず漏らしてしまったのではないか。

母はそれでも動くことができなかった。安全な家から離れることを選ばなかった。

そして、死んでいった。

母の人生はそれでも幸福だったと思う。恵まれた時代に、大事にされ守られて、父のような、裏切った妻でも面倒を見てくれるような男の妻でいられたのだから。

けれど、私は違うのだ。母とは違う。

みんなが思うような人間ではない、ちゃんと欲望も不安も持つ女だ。

今なら、やっと、ここではないどこかへ、行けるような気がする。

やっと気づいた、私は私の欲望の蓋を誰かにこじあけられるのを待っていたのだと——。

千鶴の声が、闇の奥から聞こえて自分を招いてくれているような気がした。


珍しく風見のほうから呼ばれたのは、それから数日後のことだ。

時間がある時に店に来て欲しいと言われて、その日のうちに訪れた。

秋乃を見ると、いつものようにゆきが駆け出してきたので、そっと抱き上げた。猫の匂いを嗅ぐとどうしてこんなに安らかな気持ちになれるのか。

本当は、今、秋乃に起こっていることを、周りに唯一の話のできる大人であるはずの風見に打ち明けたいのだけど、この前の様子を見たら快く思っていないことはわかるから、言えない。

けれどこうして風見のほうから秋乃を呼んだのは、そのことと関係があるような予感があった。

風見が珈琲を淹れている間、秋乃はゆきを膝の上に乗せて毛の流れを指で整えていた。

「春ちゃんには、懐かないんだよ」

風見はそう言いながら、珈琲を持ってきて、テーブルの上に置いた。

「なんでやろ」

「なんか怖がってるみたい。似たもの同士だからかな」

「似たもの同士？　お姉ちゃんが？」

「春ちゃんは猫みたいだよ。人の気をひきたがるくせに、まっすぐ直球で甘えてこない。ゆきは秋乃ちゃんにはそうやっておとなしく膝の上に乗るけれど、結構人見知りで、いどむように唸って相手の関心をひこうとすることが多い」

秋乃は思わず笑みがこぼれた。

「あいつ、あのまんま大人になったからな。なまじ学問があるから社会的には重宝されて、気負って生きてるから反動もあるんだろう」

「風見さんは、お姉ちゃんが心配なんやね」

「春ちゃんだけじゃないよ、雪岡四姉妹のことは気にかけてるよ。父親がずっと世話になってたし、そのおかげで自分も成長できたんだから」

秋乃は珈琲を口にした。

「お父さんが、出ていったから？」

「それもあるな。他人とはいえ、世間知らずのお嬢さんたちだから、心配にもなるよ」

「みんな、それぞれもう大人やねんで」

「年だけな」

秋乃は言い返せない。

風見の口調がいつもより強いことも気になる。

「早川千鶴さん――秋乃ちゃんの友達の。一回、彼女はここに来たことあるよね」

「うん」

千鶴と再会して、最初の頃に連れてきたのだ。

古くて素敵なものがたくさんあるいい店なのと案内したのだが、千鶴はさほど関心を持った様子はなかった。

「彼女はどうやって生活してるの？」

「聞いたけど、いろいろって……。父親が会社を経営してるから、優雅に暮らせてるんちゃうの？　そんな人はたくさんいはるやん」

何故か千鶴をかばうような口調になった。

「早川千鶴は父親からは勘当されてるよ。母親も病院を出たり入ったりで、親からの援助があるとは思えない」

なんで、そんなことを風見が知っているのだ。

「この店にはいろんなお客さんが来るんだよ。いつも暇なのは本当だけど、たまに、古くからのつきあいの大口のお客さんが買い付けに来てくれる。同業者の横のつながりもある。その中には、大きな声で言えない職業の人もいる。君たちが知らないだけで、世の中には悪いことをしてお金を得て生活している人が、たくさんいるからね」

秋乃は黙り込む。

そんなことぐらい知っているのだと言い返したいのを抑える。

「ついでに言うと、秋乃ちゃんが会った歌舞伎役者の——は、借金まみれだ。主に女性関係のトラブルだ。彼が祇園に隠し子がいるのは有名な話だよ。でもそれだけじゃなくて、女性に暴力を振るってほとんど脅迫みたいな形で莫大な慰謝料を払ったりもしている。けれどそれでも懲りないみたいで、女の噂が絶えない」

「……結婚しぃひんのは、理想が高いからって、言うてはったで」

「女性関係のトラブルが多すぎて梨園も頭抱えてるほどだから、なかなか嫁の来てがないんだろう。この話は、京都の花街付近では有名な話だよ。俺もたまに祇園には呑みにいくことがあるし、親しい人間もいる。秋乃ちゃんが知らない、興味がないだけで、京都にもね、悪いやつらがたくさんいるんだよ。安全なところで守られて生きてきた君たちの耳には入らないことが、いっぱいあるんだ」

「それとうちと、何の関係があるん」

秋乃の膝の上にいたゆきが、気を遣って席を外すかのように、床に降りて奥へ入ってしまった。

「早川千鶴は祇園のクラブのホステスをしていた。けれど半年ほど前にクビになった。他のクラブに移ろうとしても、界隈で彼女がしていたことの噂が広まっていて、雇ってくれるところがない。だからお金には相当困っているだろう。なんでクビになったか——売春の斡旋だよ。高級クラブだったから、そこに来る客に知人の女の子を紹介して金のある男からむしりとっていた。彼女は、ずっとそういうことをやって生きてきた。女子高時代も、口の上手さで女の子を惹きつけて、男に提供してお金をもらっていた。あなたにふさわしい素敵な人を紹介してあげる――そう言って、おとなしいお嬢さんたちを男に犯させる。母は少しばかり名の知れたオペラ歌手で父親は会社社長という背景の彼女が、まさかそんな女衒《ぜげん》のようなことをしているとは思わないだろう。けれど、自分自身が売春するよりタチが悪い。さすがにホステスをしていた時は、双方合意の元での売春斡旋だったようだけど、自分の店で得た人脈でそんなことをしていたと知れたら、そりゃあ店の経営者たちは怒るよ。彼女はヤバい人たちに目を付けられている。けれど、彼女自身は彼女自身で上手いことやったんだよ。その『人脈』を利用して身を守っている。世間で名のある男たちを顧客にしたからね」

秋乃は膝の上に置いた手を握り締める。

自分が今、どういう表情をしているのかわからない。

まるで風見に見透かされてるような気がしていた。あの女子高時代に、ピアノ練習室で起こったできごとも、千鶴に言われるがままに男に処女を奪われたことも。

「早川千鶴のことは、少し調べただけで、すぐにいろんな話が出てきたよ。俺の聞いていないことも、たくさんあるんだろう。そういう人間たちと、君は関わるべきではない。俺は雪岡家の人間ではないから、関係ないだろと言われてしまえばそれまでで、強く止めることもできない。けれど、家族が悲しむようなことをしちゃいけない。お父さんが家にいない今だからこそ、危ないところには行くべきじゃない」

秋乃の頭の中で、違う違うと声がする。千鶴のすがりつくような声だ。

秋ちゃん、私を信じてよ、私は秋ちゃんの望むものを与えてあげられるのだから、と。

「でも、それって、噂にすぎひんやん。なんか証明するもんがあるわけやないんやろ」

「ないよ。ただ、そういう話があると伝えたかっただけで、判断は秋乃ちゃんがすることだ」

せっかく自分は変わることができると、あの家から、世間の目から解放され、自由になり、快楽を得るきっかけを今、得たばかりなのに。

だって、どうすればいいのか、判断なんて、自分にできるわけがない。

ずっとあの家で、戦わず競わず安全に平和に生きてきたんだもの。

けれど確かなのは、あの男に唇を塞がれた時に、自分が今一番欲しいものはこれだと思ったことだ。

「秋乃ちゃんは、世間知らずすぎるんだよ。美夏ちゃんの干渉をうるさがるけれど、無理もないだろ。警戒心がなさすぎる。あんな立派な家に住んでいるだけで、お金持ちだと君たちのことを思って、それだけで近づいてくる奴らもいるってこと、自覚しないと」

風見の偉そうな言い方に苛立った。まるで美夏に説教をされているようだ。

心配だ、頼りない、お嬢さんだ、世間知らずだ――そうやって周りに思われてきた。

結局、みんな、秋乃を馬鹿にしているのだ。

母とそっくりの中身ががらんどうの、お人形さんだと。

だいたい、頼みもしないのに、どうして千鶴のことを調べたりするのか。

おせっかいにもほどがある。

「もっと社会に出て自分の足で生きるべきだったんだよ、一度は家を出て世の中の厳しさを知って――」

目の前の男は、こんな陳腐でありきたりの言葉を発するような男だったのかと、秋乃は失望した。

「帰るわ」

秋乃は立ち上がる。

「怒らしちゃったね。でも、さっき言ったことは気に留めておいて欲しい」

秋乃は頷いて、ものわかりのいいふりをした。

ここで言い争っても仕方がない。もっと面倒なことになるだけだ。

誰とも自分は戦いなどしたくない――どうせ、負けるのだから。

「ううん、風見さんはうちのこと想って言ってくれたんやから、怒ってなんかいぃひんで」

笑顔をつくることはできなかったけれど、言葉は発することができた。

店の奥から、ゆきがこちらの様子をうかがうように顔を出した。とことこと歩いて、秋乃の足に身体をなすりつける。

「ゆき、抱っこしたる」

秋乃はゆきを抱き上げて、ぎゅっと抱きしめ、そのぬくもりを味わった。

「風見さん」

「何？」

「この猫の名前の『ゆき』は、白いからじゃなくて、『雪岡』の『ゆき』なん、ちゃうの?」

風見は答えず、表情も変えない。

「うちの家のことがそんなにも気になるのは、なんでなんやろね、他人のはずやのに。『賀茂の家』の板長の息子やって、そんなん随分前の話やん。でも、うちも風見さんと再会して、なんや赤の他人とは思えへんかってん。なんでも話せるお兄ちゃんのような気がして。きっとそれは風見さんが、ほんまはまるっきりの他人やないからやろうね」

ゆきは自分を抱きしめる秋乃の手の力の強さが苦しいのか、にゃおんと泣いて、そこから逃れ床に下りた。

「うちが小さい時に、お母さんと寝てたのは、風見さんやろ。お父さんの店が忙しい時に、うちが見た、お母さんの上に乗ってた男は。お母さんの葬式で会った時に、久しぶりに風見さんを見て、誰かに似てるって思っててん。誰やろ……そう考えて、最近になってわかったわ」

秋乃はそう言い放つと、風見の答えを待たずに店を出た。

繁華街は秋乃の進む道を拒むように反対方向へ向かう人の波であふれ返っていた。

それでも秋乃は、川の流れに逆らう魚のように、迷わずにまっすぐ歩きはじめた。

うちは、うちのやりたいようにする。お母さんのようにはならへん。

そうしな、あかんのや――。

飼い猫に、一緒になれなかった女の名字をつけて抱きしめるだけしかできず、安全なところから口だけ挟む男に何がわかるだろうか。

お母ちゃんのようには、ならへん——。

人混みの中で、ふいに秋乃はどこからか、自分を酔わせた花の匂いが漂ってくるのを感じた。

花の主を探すように振り返ったが、会いたい人の顔はどこにも見つからなかった。

第四章　冬香

冬香は寒さでかじかんだ指で父から来た海の写真の絵葉書を郵便差しから抜き取り、小さな布のバッグの中に入れた。

写っているのは冬の海だ。断崖に雪が舞い、波が打ちつけられている。

冬香の知らない海だ。生まれてこのかた、こんな厳しい海は見たことがない。

京都の冬は「そこびえ」で寒い寒いと言うけれど、父親が今いる、この海のあるあたりはもっと寒さは厳しいのだろうか。

絵葉書がこうして一枚無くなっていても、きっと誰も気づかないだろう。姉たちは父のことを本気で心配なんてしていないのだから。

父がどうして家を出ていったか、どこで何をしているかということよりも、自分たちがこの家に甘えて安穏と変わらぬ暮らしを続けられるかどうかが一番の関心事なのだ。

三人の姉たちは、自分のことしか考えていない。

母にそっくりだ。

生まれながらにして与えられたものを疑わずに享受し、それが永遠に自分を守ってくれていると信じているであろう、姉たちは。

生まれながらにして与えられたもの――美貌であったり、京都の女という背景であったり、老舗料亭「賀茂の家」の娘であることのわずかながらの名声と誇りであったり、この大きな下鴨の家であったり――つまりは全て恵まれたものだ。

大きな家に住む、ええとこのお嬢さんたち。いつまでも仲の良い家族――それは全て、嘘、偽りだ。この家は張りぼての家だ。

皆、この土地と家が居心地良いから離れないだけで、結果的に一緒にいるから仲良く見えるだけなのに。

下鴨という土地は、京都の中では特別な場所だ。「古さ」に価値を置く京都の中でも、都ができるより前からあったという下鴨神社があり、原生林に囲まれた糺の森が残っているので、そこだけ時が止まったかのようにたたずんでいる。

下鴨神社の傍には立派なお屋敷が並んでいる。下鴨神社の関係者であったり、文豪たちが住んでいた屋敷であったり、名前を聞くと驚くような著名人たちの家もある。

今、自分が住んでいる家は、そのお屋敷と軒を連ねていても引けを取らない。

子供の頃は、友人を家に呼ぶのが嫌だった。

「冬香ちゃんの家、すごく大きいんやてね。遊びに行きたいわ」と皆に言われるのをなんだかんだと理由をつけて断っているうちに、気まずくなってしまったこともあった。

わかっていたからだ。「立派な家」「大きなお屋敷」「お金持ちだね」「お母さん綺麗だね」「家族が仲いいね」――投げかけられることが予想される全ての言葉が、冬香にとっては偽りでしかない。

姉たちのように、偽りを薄々と感じながらも、それすらも自分の装飾品として生きていくほうが、きっと楽だ。

あるいは母のように、偽りを偽りと知らないまま、愚かさを無邪気さや幼さという評価に換え、人に守られ安全に生きていくべきか。

自分はそのどちらもできない、不器用で、生きることが下手な女だ。

幼い頃から「賀茂の家」のお嬢さんという扱いを受けるたびに、あの家は自分の居場所ではない、自分は「賀茂の家」の女などではないという想いがこみ上げてきた。

第一、冬香は「賀茂の家」のことなど、ほとんど知らない。自分が幼い頃には、すでに人手に渡っていたからだ。

姉たちは大なり小なり「賀茂の家」のお嬢さんだった時期があるのだろうけれど、自分にはない。

あの大きな家だって、最初から分不相応だった。

「賀茂の家」の経営者が代わったことはニュースにもなったから、京都の人間は皆、そのことを知っている。売りに出さねばならぬほど窮していたにもかかわらず、大きな家に住み続ける一家に誰も同情などしてくれない。

子供の頃から「お金持ちのお嬢さん」のように言われるのは不愉快だった。学生時代、父は「少ないから」と言いつつ小遣いをくれようとしたけれど、申し訳なくて冬香は高校生の頃からクラブ活動もせずにアルバイトをしていた。

そんな自分を、父は「冬香は親想いで優しくていい子だ」と言ってくれた。

実の子ではないのに——と、父も内心は思っていただろう。

自分たち一家は、あの家に住めるような、裕福な家族でもないし、ましてやお嬢さんでもない。曽祖父の時代に料亭を起こした成り上がりの家だ。

だいたい、「老舗」のわけがない。父は三代目だ。そんな歴史の浅い商売を京都では「老舗」なんて呼ぶわけがない。

「賀茂の家」に老舗という冠をつけるのは、京都のことが何もわかってないよその人間たちだ。あの家は上っ面だけで、偽りでプライドを守り成り立っている。そこから離れない姉たちも、家と同じだ。

けれど、私だって結局は同じなのだ。家から離れて二度と戻ってこないつもりだったのにこうして京都に戻ってきているのだから。

冬香は父からの絵葉書を入れた鞄を手にして、家を出た。

吐く息が白く、ぶるぶるっと身体を震わせた。

京都の冬がこんなに寒いというのは東京に出てから体感したことだ。雪は降らずとも、空気は冷たく頬がすぐに赤くなる。

外に出て携帯電話の電源を入れると、受信メール二十通の表示が出て、溜息を吐いた。

どれだけ暇で、どれだけ粘着質なのだろう。駄目でくだらない男であることはわかっていた。

けれど、それだけではなかった。もうこれ以上、失望させないで欲しい。

駄目な男とばかり、自分がつきあってきたのは、自分も駄目でいられるから楽なのだ。

けれど、もう、うんざりだ。

見なくても内容のわかるメールを削除し、冬香は再び携帯電話の電源を切った。

本当は、番号もメールアドレスも変えてしまいたいのだが、できないままでいる。そこまで拒否してしまうのにはまだためらいがあった。

冬香が携帯電話に出ないので、家に無言電話がかかってきている。差出人の名前のない手紙も時折届く。姉の美夏が不審がっているのも知っているが、踏み込んでくることはない。

けれど、余計な心配をこれ以上姉にされるのは嫌だった。申し訳ないのではなくて、ただ鬱陶しいのだ。

美夏が自分に同情めいた気持ちを持つことで優越感を感じていることは、知っている。

だからこそ、こんなくだらないことでトラブルを起こしたくなかった。

今度こそ離れなければ、家とも、家族とも。

けれど、いつ、どうやったらいいのかが、今はわからない。

生まれ育ったこの家が居心地が良すぎて、どうもうまく先のことが考えられなくなっている。

嫌いだったはずの、偽りだらけの家と、家族しか、今の自分を受け入れてくれるところがない。二十九歳にして、わかったことがそれなのかと思うと情けない。

冬香は下鴨神社の参道の砂利道を歩きながら、大きく息を吸い込んで原生林の緑の匂いを嗅ぐ。冷たい空気を肺に吸い込むと、頭が冴えるような気がする。

時計を見ると、九時半だ。

そろそろかと、仕事場に足を向ける。


冬香は高校を卒業して東京の私立の大学に入学した。

姉たちは私立のエスカレーター式の女子高だったが、冬香だけは公立の進学校に行きたいと父に頼んだ。女同士の環境が窮屈だったのだ。

女同士はとかく群れたがる。群れるたびに、好きでもないくせに仲の良いふりをしたがる。そのためには裏と表を使い分けなければいけない。それが、思春期の冬香にはひどく苦手に思えた。女同士の世界は家の中だけで十分だ。

もっとも、大人になり、今は自分は姉妹の誰よりも裏表を使い分けられるようにはなったけれど。

京都を出たいと昔から願っていた。

ずっと生まれた土地にいても世界は広がらないし、他の場所を見てみたい。それならば、文化の中心である東京がいい。

そんなふうに言う冬香を姉たちは不思議がり、京都にも大学、いっぱいあるのに、とさんざん言われた。

料亭を手放したあと、父は知人の会社で倉庫番のような臨時職員をはじめた。

有名料亭の社長だった人が、ということで哀れに感じた人は少なくないし、美夏などは、もっと違う仕事もあるだろうにと露骨に嫌がっていた。

父がそうやって慣れぬ仕事をはじめたのは、何よりも自分のためだったのではないかと冬香は考えていた。自分が東京の大学に行くことで仕送りの負担をかけてしまった。

姉の春樹も、少し援助してくれたおかげで、冬香は必死で勉強して希望した大学に入学することができたのだが、父の負担を少なくしようと、アルバイトをはじめて時間を費やしたおかげで成績は振るわなかった。

何よりも、大学入学は家を離れるための手段にすぎなかったので勉強に興味を失い、東京は楽しいことが多すぎて、学校どころじゃなくなったのだ。

何とか就職難の中で入社した会社もすぐに潰れてしまい、その後は水商売と並行して、たまに派遣社員で食いつなぎ、やっと再就職した会社も一年でリストラされた。

自分はやはり不器用で、優秀でもないし、何の能力もないと思い知らされた。

一緒に住んでいた男とも別れ、京都に戻ることを決めた。

ちょうどその頃、母の身体に癌が見つかったと父から聞いて、東京を離れてもいいかなという気にもなったのだ。

母のことなど、好きではなかった。

むしろ、嫌いだし、母だって、冬香のことは好きでなかっただろう。

末っ子だから、かまわれなかったんだよと人は言うかもしれないが、そうじゃないことを自分は知っている。

母の最期が近づいて、傍にいようと思ったのは親を想う心などでは決してない。

父以外の男との間に、子供をつくった女の最期を見届けるために戻ってきた。


小さなカフェの中には木のテーブルがふたつで、あとはカウンターだ。

「おはようございます」と冬香が声をかけて入ると、毛糸の帽子をかぶり、口唇の下に髭を生やしたマスターが、にっこりと笑って「おはよう、冬香ちゃん」と声をかけてきた。

「今日も寒いねぇ。開店前にあったかい珈琲淹れようか」

「ありがとうございます。でもさっき家で飲んできたからいいです」

「いつでも欲しくなったら言ってね。冬香ちゃんのためにスペシャル珈琲淹れてあげるから」

マスターはにっこりと笑った。

珈琲を飲んできたというのは嘘だ。わざわざ特別美味くもないこの男の淹れたものを飲んで、美味しいとお世辞を言うのが面倒なのだ。

気持ち悪い、嘘くさい笑顔だけれども、ここはそういう人種のたまり場だ。

マスターは姉の春樹と同い年と聞いている。脱サラをして、奥さんと共に無農薬を売りにしたカフェを三年前に開店した。

大学の同級生である奥さんが階段で足を骨折したので人手不足になりアルバイトを募集していた。その貼り紙を見て、冬香が応募して採用され、それから半年間、働いている。

アルバイトは冬香の他に、もうひとり大学生の北野という女がいた。だぼっとした草木染めの服を着て貧相な身体をごまかしたおかっぱ頭の薄化粧の女で、舌足らずの喋り方が冬香をいらつかせたが、自然さをよそおったいやらしさがこの店には合っている。

交替で入っているので、ほとんど顔を合わせることはないが、北野は自分が働いていない日でも大学の知人らしき者たちを連れて遊びに来ることが多かった。

駅から離れている住宅街のカフェだが、従業員の知人の常連客で成り立っているような店だった。

「冬香ちゃん、今日の日替わりのオレンジケーキ、もうすぐ焼けるから」

特別味がいいわけでもないけれど「オーガニック」という名目がついたら、それ目当ての客が訪れる。珈琲だって、ここのマスターの淹れるものよりファーストフードのほうが美味しい。

それでも客足が絶えないのは、何故か平日の昼間にふらふらしているマスターの友人たちが訪れるからだ。どうして京都は、こんなふうに何で生活の糧を得ているかわからない暇そうな大人がたくさんいるのか不思議なのだが、自分だって同じだ。つまりは家がある恵まれた人間たちなのだ。

一般の客は入って来づらいだろうと思うのだが、彼らは結局仲間が集える場所を欲しているだけなので、それで経営者も客も満足なのだろう。

こんな店が成立するのも、京都だからなのだろうか。

身内意識が強い人間が、京都は多い。生まれ育ちが京都ではなくて、途中から京都に来た人間でもそうだ。むしろ、外から来て、京都という街に魅せられて居着いた人間のほうが、やたらと群れたがる。

京都という街は、世間がいうほど排他的ではないから、実際は外の人間も住みやすい。

この暑くて寒くて古い街を好きな人間ならば、住むことを「許される」のだ。

「冬香ちゃん、今度の日曜日、もし都合が悪くなければ来てくれへんかな、北野ちゃんがサークルでスキーに行くみたいやねん」

「いいですよ」

親しくもない男に「ちゃん」付けをされるのは、内心気持ちが悪いが、表情には出さない。無駄な馴れ馴れしさを受け止めることは水商売をしている時に慣れた。

「ありがとう。うちのやつも、怪我してから動くのが辛くなったみたいでねぇ。冬香ちゃんが来てくれると、喜ぶやつら多いから助かるわ」

私が来て、一番喜んでるのは、あんたでしょと――その言葉を冬香は口の中に封じ込める。

マスターが自分とふたりきりになりたがることは最初から気づいていた。

それを察した男の妻が、店に来たがらなくなったのも知っている。マスターの妻は北野とは親しくしている様子だが、もしかしたら様子をうかがわせているのかもしれない。

疑われるようなことは何もないから、取り繕う必要もない。

マスターには、それとなく飲みに誘われたこともあるが、遅くなると姉たちが心配するのでと理由をつけて断った。あんたには興味はないんだという意思を示したつもりが「やっぱり冬香ちゃんて、いいとこのお嬢さんで身持ちが堅いんだね」と嬉しそうな顔をされた。

三十歳近い女を、ひょっとして処女だと思っているのだろうか。確かに姉の秋乃のように、本当に男っ気のない三十女もいるにはいるけれど。

この店は、時給が良いわけでもないし、来るのは退屈な客ばかりで、いつ辞めてもいいとは思ってはいる。けれどまた仕事を見つけるのが面倒なので居続けているだけだ。

冬香は、東京ではキャバクラや、クラブでホステスもやっていた。時給の良いバイトがしたかったのと、性的なことをせずに性的なことを売りにする職業に興味があったからだ。

実際にやってみると、思いのほかおもしろかった。男たちがまんまと女の媚態に騙されて金を落とす姿を見るのがおかしくてしょうがなかった。

姉妹の中で、ひときわ地味で平凡な容姿の自分は、姉たちと並ぶと明らかに見劣りするが、その分、化粧映えはする。

化粧をほどこし、媚態の混じった仕草を身につけると、男から気に入られることに気づいたのは、水商売をしたからこそだ。

今でもついついその媚態の仕草は癖になってしまい、このマスターなどはものの見事にそれにはまり自分に好意を示しはじめた。

そもそも、平凡な男たちは姉たちのような整った、誰から見ても美しいという顔立ちよりも、自分のような女のほうが、敷居が低いらしく、手を出しやすいのだ。

なめられているとも言えるけれど、それも男の気を惹く手段だとわりきれば何とも思わない。

男の気を引くコツは、決して本音を言わないことだ。女の本心なんて見せたら、男は怖がり逃げていく。男の気を引くのが上手い女というのは嘘が巧みな女だ。

水商売で学ぶことは多く、冬香は女として生きていくことの器用さをその世界で少しばかり身につけた。


京都に戻ってきてからは、東京には一度も行ってない。

あんな楽しかった日々を過ごした街だったのに、帰りたいとも行きたいとも思わなくなった。一緒に住んでいた男ともあれから一度も会ってはいない。

東京にいた時に同棲していた男は脚本家を目指すと言いながら、ただ飲食店のアルバイトをしているだけで、具体的に何かをしているわけでもない男だった。

ただ映画関係者に会えるイベントなどには積極的に足を運んでいたので、その影響で冬香も映画を観る機会が増え映画好きになった。

東京では、東京でしか観られないたくさんの映画が上映されていたし、実際にそれらに関わる人たちとも知り合う機会が多い。

けれどそれは危険なことなのだ。同棲していた男は、酒場で映画関係者と知り合っただけで、自分まで何かを成したような気分になって偉そうに語ることがあった。それはひどく醜悪な光景だった。

東京にはそんな人間がごまんといる。サブカルチャーと触れる機会が多いからこそ、何もしていないくせに、高みに立って物を言いたがる薄っぺらい人間が。

またそういう連中はやたらと酒場やインターネット上でつるみたがり増殖し、仲間うちで褒め合い悦に入る様が気持ち悪い。

伝統や歴史に重きを置く京都ならば、一瞬にして鼻で笑われてしまうであろうそんな連中が、自分の周りにはたくさんいた。内輪で評価されただけで有名人気取りになるなんて、京都ならありえない。

冬香自身も、京都の有名料亭の娘だと知った男たちに「映画に出てみないか」と声をかけられたことがある。京都の言葉が、男にはたまらないんだよ、と。

なるべく東京では京都の言葉を使わないようにしてきたつもりだが、当たり前にぽろりとこぼれ、喋るとやはり京都の人間だとすぐにわかるらしい。

京都の有名料亭の娘というだけで、評価が上がるから得だと、同性に言い放たれたこともある。たいして美人じゃなくて、男に取り入るのが上手いだけのくせにとも。

そうじゃなければ、あんたはただの平凡な女だという含みも感じられた。そんなことは自分が一番よくわかっている。

映画に出てみないかと誘われ、同棲していた男もそれを望んだが断った。自分は平凡な顔立ちで、化粧でごまかしているだけで、画面に映れば、それらが浮き彫りにされる。自己演出でごまかした偽りの美貌など、すぐにばれる。

姉の美夏や秋乃ならば、色白の丸顔、大きな瞳——さぞかし大画面で見ても遜色はないだろう。母に似た姉たちならば。

自分が東京に未練がなかったこと以上に意外だったのは、あれほど離れたかった家や京都という街が、思いのほか居心地が良いことだ。

それは既に母の命の終わりが近づいていたからなのだろうか。

母が亡くなってからは、憑き物が落ちたように、この家から動く気がなくなった。いつかは離れるつもりであるが、急ぐことはないと考えていた。

母親気取りの次女の美夏は秋乃に対しては心配していろいろうるさいようだが、冬香には何も言わないのは、関心がないからではなくて、気を遣っているのだろうというのも知っている。

口には出さないが、じめっとした視線を投げかけて何か言いたげにされるのが鬱陶しくはあったけれど、何も言われないのだから言い返すこともできない。きっと自分の知らないところで、夫や春樹などには冬香が心配だのいい年してこれからどうする気なのだとか、秋乃に対しても同じようなことを言っているのだろうことは察せられる。

東京で水商売をしていたのも、男と同棲していたのも、美夏には知られていた。

有名料亭である「賀茂の家」の顧客は東京にも少なくなく、その中でも父と親しくしていた東京のホテル経営者が、冬香の世話を最初は焼いてくれていた。

その夫婦にキャバクラにいることも男と住んでいることも知られたのだが、そこの娘がたまたま美夏の大学の同級生だった。

「賀茂の家」のお嬢さんが――と、怒られたけれど、悪いことをしたなんて思ってはいない。男と暮らすなんて、周りの誰もが当たり前にやっていたことだし、親に経済的な負担をかけるより水商売で稼いだほうが親孝行ではないか。

冬香からしたら、家庭のある男との恋愛を繰り返し、やっと結婚して今でもしょっちゅう実家に帰ってくる春樹や、姉妹で一番の美貌を持つくせに三十路になっても全く男の気配がない秋乃のほうが問題があるとしか思えない。

姉たちはいつまでもお嬢さん気分が抜けないのだ。

京都の有名料亭のお嬢様気分にいつまでひたってるつもりなのだろう。

姉たちは上流階級の人たちに囲まれたお嬢さんな子供時代を過ごしたのかもしれないが、末っ子の自分には店が傾き、家の生活費も切り詰められ、父が時折深刻な顔を見せていた状況しか知らない。

昔の写真などを見ると、振袖を着た幼い姉たちがどこかの政治家らしい男に抱かれている姿もあるし、姉たちは七五三などでも「賀茂の家」の常連であった老舗呉服屋から贈られた着物を着ていたらしい。

時代劇の大物俳優の還暦パーティなどで多くの有名人と会った話を春樹と美夏が懐かしそうに話していたのを聞いたこともあるが、自分には全く縁がない話ばかりだった。

この家で育っても、自分だけが「賀茂の家」の娘ではないという想いは幼い頃からつきまとっていた。姉たちのような「幸せで恵まれた育ちのお嬢さん」ではないのだと。

冬香は仕事を終え、出町柳の喫茶店で一服していた。家では煙草を吸うことは禁止されていた。古い木造家屋だから火災が怖いのだと美夏にきつく言われている。

それをきっかけに煙草はやめたつもりだったが、時折、こうして一本だけでも吸いたくなることがある。

鞄から、父が旅先から送ってきた葉書を取り出して眺めていた。

父が、今、ひとりになり楽しんでいるなら、それでいい。

姉たちは気を揉んでいるが、父の好きにやらせたらいいのだ。今までの人生、人のため、家のために尽くしてきたのだから。

父親はいつも末っ子の自分を気遣い、可愛がろうとしてくれた。母が冬香を恐れを含んだ目で眺めることの穴を埋めようとするかのように、冬香はいい子だと言い続けてくれた。

血のつながっていない、妻の不義の子である冬香を、大事にしてくれた父には恩がある。

父の人生は、見合い相手の母の家に婿養子に入り、慣れない経営者の職で神経をすり減らし、それでも家族のためにと生きてきたあげく、妻は他の男の子供を孕み、その子を育てるはめになり、店を手放すことになった責任感で落ち込み、何も責任を持たず好きに他人任せに生きてきた母は先に逝き——つらいことのほうが多かったのではないか。

だから父がこうして家を捨てたことで、冬香も安堵していた。

人間はいつか家を捨てるものなのだ。

私もそのつもりで生きてきて——できなかったのが悔しいけれど、これから先もずっとこの家にいる気はない。自分の家じゃない、仮の住まいだ。

日曜日、バイトに出ることになったが、夜は義兄を誘って、また映画に行こうか。そう思うと、心が弾んだ。

多分、今、家がこんなに居心地が良いのは、唯一まともに会話ができる伊久雄のおかげだ。


美夏が伊久雄と結婚した頃は、自分は東京にいたのでそう顔を合わす機会もなく、ただ、無難な男を選んだのが姉らしいなと思ったぐらいだ。

決して美男ではなく、一見、真面目で平凡なサラリーマンで、おとなしい男。

女に「家庭的」という冠をつけることがあるが、男だって、「家庭的」な男はいる。家庭からはみ出さない、男。伊久雄は、最初そう見えた。

当時、自分も若かったせいか、美夏はつまらなさそうな男を選んだのだなと内心鼻白んでいた。美夏の美貌ならば、いくらでも男は選べただろうに、あえて平凡な容姿の男と結婚したことに侮蔑混じりの安心感も抱いた。

それから十年近くが過ぎ、京都に戻ってきて、伊久雄と話をするようになったきっかけは、映画館の前でばったり会ったことだった。

単館系の、さほど宣伝されていない日本映画で、日曜の昼間だというのに、観客は四人しかいなかった。けれど好きな監督だった。東京にいた時に、知人の伝で一度、飲んだ時などは緊張してしまった。

ラストシーンは涙が出てしまい、ハンカチで目頭を押さえた。人が誰か死ぬわけでもなく、ハッピーエンドではあるが、切なくなってこらえきれなかった。

映画館を出た瞬間に、「冬香ちゃん？」と声をかけられて振り向くと、伊久雄がいた。

「同じ映画観てたんだね、びっくりした」

と言われて、こちらが驚いた。

まさか姉の夫が映画館でひとりで映画を観るような趣味があったなんて知らなかった。しかも、こんな人の入っていない、一般の人が知らない映画を。

そして伊久雄がハンカチを手にして、その目が赤くなっていることにも気づいた。

「よかったよね、今の映画。あの監督の最高傑作だと僕は思った」

話がしたくて、お茶にと誘ったのは、冬香のほうだ。

つまらない姉とぴったりのつまらないはずの男が、自分と共有できる感覚を持っていることを、確かめたくなったのだ。

伊久雄と喫茶店で話をしていて、同じ敷地内に住んでいるこの姉の夫が、驚くほど映画の趣味が自分と似通っていることを知って、心が弾んだ。

「それだけが趣味みたいな人やから、好きにしたらいいしなぁ」

と、美夏がたまに言っていたから映画好きなことは知っていたが、あの平凡な男のことだからメジャーな作品しか観ないだろうと思い込んでいた。まさかここまで知る人ぞ知るような映画を観ているとは、嬉しい誤算だ。

聞けば大学は映画研究会にいて、自分でも撮っていたというではないか。

「才能ないから自分はそっちの道に行くことをあきらめたんだけど、先輩で——って、知ってる？　映画監督になって、そこそこ活躍してる」

よく知った名前だった。飲み屋で一度、イベントのあとに同席したこともある新進映画監督だった。まさかこんな身近にその監督の知人がいたとは。

「冬香ちゃんと、こんなに映画の趣味が似てるとはね。美夏は興味ないからな。子供がいるのもあるから、映画って子供向けとかハリウッドのエンターテインメント大作ばっかりで。まあ、それも悪くはないけど、身近なことを描いている日本の映画も好きなんだよ」

まさかこの凡庸な義理の兄がと驚いたが嬉しくなった。

映画の話を自分とできる人など、今、身近にはいない。アルバイト先の連中も有名な洋画しか観ていないような者ばかりだ。

身近に、こんなにいい映画が存在するのにとも思うが、そもそも東京以外の土地では上映する機会や情報を得る機会そのものが少ない。

姉たちなど論外だった。春樹は勉強はできてビジネス書はよく読んでいるが小説や映画には関心がない。美夏などは家のことと子育てのことしか興味はなさそうだし、秋乃は映画館に行くことはあるようだったが、流行りのぬるい映画しか観ていない。

京都という狭い世間から出たことのない姉たちは基本的に好奇心に欠けているような気がした。与えられたもの、既にそこにあるものだけを見て、その奥に入り込もうとしない。冬香からすれば、外見だけが綺麗なつまらない女たちだ。

そんな環境だったから、趣味の合う人間が身近にいたことが意外でもあった。

伊久雄と話す機会が増え、趣味が同じなのは映画だけではなく小説もだということがわかる。伊久雄の貸してくれる本は面白く、発見が多かった。

それから、時折ふたりで映画を観る機会を持つようになった。

自分に気を遣う美夏は、内心はどう思っているか知らないが、表面上は穏やかに送り出してくれる。

伊久雄は、映画が好きといっても、同棲していた男のように知ったかぶりをすることも議論をふっかけてくることもなく、対等に話ができる、貴重な相手だった。

あんな家と子供のことだけにかまけている無趣味な姉なんかには伊久雄はもったいないとすら、今では思っている。

自分と同じ感性を持っている男が、器だけが整えられた、つまらない女の夫なんて。

安全な道しか生きられない姉の男だなんて。


「ここや」

「ああ、この店なんだ。何度も前を通ったことがあるけど、看板もないし入りにくいな」

「秋乃ちゃんはもともといろいろ古いもんが好きで、よく行ってるみたい」

伊久雄とふたりで風見の店の手前の路地に来た。

映画を観終わり、その中で骨董品が出てきたので、ふと「賀茂の家」の先代料理長の息子である風見の話になったのだ。

とは言っても、冬香自身はほとんど風見とは接点がない。風見が家に出入りしていたことは知っているけれど、冬香が生まれる前には大学を中退して東京に行ってしまったと聞いている。

「中に入って、挨拶する？」

「ええやん、めんどくさい」

「そうだね」

「前だけ通り過ぎようか」

そう言って、ガラス戸の前をふたりで歩いた。

秋乃？

店の奥に秋乃らしき女と膝を突き合わせている帽子をかぶっている男がいた。

男の顔はよく見えない。

秋乃はまたここに来ているのか。

男っ気がないというのが、不思議だと皆に言われる、母とそっくりの美貌を持つ、姉。

どうしてあんなに美しいのに、男なしでずっといられるのか不思議だった。

冬香は、自分が生まれながらに秋乃ほどの美貌があれば、もっと楽しい人生が送れたのにとずっと思っている。だからこそ、あのネジの外れたような姉を見ているといらつくのだ。

秋乃に比べて平凡な容姿の自分は高校生の時に初めての恋人ができてから、東京を離れるまでずっと絶えず男がいた。

若い頃はあとさき考えず、簡単に男と寝ていた。水商売時代などは、特に罪悪感などなく、気が合えばセックスをしていた。ホステスをしていた時の同僚から、「あんたは安売りしすぎる」と非難されたこともある。

あの頃は、寝たいと言われると、こんな自分でも人に欲されるのかと嬉しくて、ほいほいと男についていったのだ。

美人でちやほやされることが当たり前の姉たちにはわからないだろう。欲されることだけが、自分の存在を確かめることができるなんて。愚かで哀れかもしれないけれど、自分を大事にしすぎて世の中の楽しいことを知らずにいる姉たちよりはましだ。

あのバイト先のマスターとも、もし、昔の自分だったら既に寝ていたかもしれない。そして妻の恨みを買い、今頃はバイト先から放り出されていただろう。

ふと鞄の奥底に仕舞っていた携帯の電源を入れると、七通のメールを受信と表示された。

どうしてこの男は、私にこんなにも執着しているのだろうと、冬香は溜息をついた。

「どうしたの？　冬香ちゃん」

「ん？」

「携帯電話見て、大きな溜息ついて」

伊久雄が隣にいるにもかかわらず、こぼれてしまったのか。

「しょうもないメールが来るから、消去しようかなって」

「昔の彼氏、とか？」

「そんなもんかもな」

人の波に紛れてふたりで三条通を歩きながら話している。首が冷えたのでマフラーを持ってくればよかったと冬香は後悔する。

「もし変な男につきまとわれて危ない目にあってるようやったら、俺に言うてな。一応、雪岡の家の用心棒みたいなもんやから。頼りないやろうけど」

冬香は思わず吹き出してしまった。

「用心棒やったんや」

「大人の男が俺しかおらへんし。間借りさせてもらってる身分やから、冬香ちゃんのことは守るよ。美夏も心配してるから、口には出さへんけど」

姉の名前が出て冬香は自分の表情から笑みが消えるのがわかる。

「美夏ちゃん、何かお義兄さんに言うてる？」

「最近は収まったけど、母屋に無言電話がかかってきたことや、差出人の名前のない手紙が冬香ちゃん宛てに来ることとかは、聞いてる。世の中、変なやつが多いからな」

「そう」

冬香は黙り込む。

別れた男のせいで、美夏に余計に自分のことを気にさせてしまうのが嫌だった。

つくづく、ろくでもない男とつきあってしまったとうんざりする。そんな男を好きで一緒に住んでいた自分に対しても腹立たしい。

メールや無言電話などする暇があれば仕事をすればいいのに。男の幼稚さを昔は自分をそれだけ求めてくれているのだと勘違いしていたけれど、今はうんざりさせるだけだ。

それでもメールアドレスや電話番号を変えない自分は——誰かに求められているということにわずかでも縋っているのだろうか。

男が直接京都に来ないことが幸いだった。もし来られでもしたら、ひきずられてよりを戻してしまうかもしれない。でも、追いかけてこない男の自分への想いの薄さにも失望する。

本当は、それほどまでに自分は弱い。

男なしでは生きていけない、誰かにすがらずに生きていけないのは、自分もやはり母の子だからだろうか。


自分が父の子でないと知ったのは、小学生の時だ。

母は無神経で、迂闊な人だった。

小学校に入るまでは、母に愛情を注ぎ込まれていた。常に抱き人形のように傍に置いて離さず、どこにでも連れていかれた。

「冬香は可愛い、可愛い」

そう、唱えられた。

けれど自分は母や姉たちほど「可愛い」顔ではないことは子供心にも気づいていた。心無い大人に「お姉さんやお母さんに似てなくて残念ねぇ」なんて言われたこともあるし、鏡を見れば、一目瞭然だ。

日本人形のような、母と姉たち。

春樹も母と似ておらず、しっかりした顔立ちだったが、随分と年も上だったので、知的な雰囲気と身のこなしで、他の姉たちとタイプは違うが「綺麗な姉」だと思っていた。

でも、自分だけは、明らかに、顔が違う。

そんな自分を母が可愛いと連発して傍に置きたがるのが、居心地が悪かった。

だから、あの時、ふと、あんなことを言ってしまったのだろうか。

「お母さん、冬香はお母さんに似てへんて、みんなが言うねん。美夏ちゃんや秋ちゃんはお母さんそっくりやのにって。なぁ、お母さんは、ほんまに冬香のお母さんなん？」

そう、聞いた時に、母は悲しそうな顔になった。子供心にも大きな目を潤ませた母の姿が、絵のように美しく愛らしいと、あの時思ったのだ。

「お母さんは、冬香のお母さんやで」

「冬香は、お父さんにも似てへんやん、お母さんにも」

「冬香はな――お父さんに、似てるんや」

「似てへんやん」

「ほんまのお父さんや」

「ほんまのんて、何」

そこまで聞くと、母はもう何も答えなくなった。

母は全く迂闊で――正直な女だ。

冬香はその夜、父に聞いたのだ。「ほんまのお父さんとちゃうのん?」と、母のいる前で。

成長した姉たちは、それぞれの部屋にいて、居間には三人だけしかいなかった。

あんなに激昂した父を見たのは、あれが最初で最後だ。

冬香の質問を聞いた父親は母の頰を思いっきり叩き、ぱしんと、音がした。

「お前、冬香に何を言うた」

「何をって……」

「子供に言うたらええことと悪いことの区別もつかへんのか……お前という女は……」

父は歯を食いしばり耐えていた。もし自分がいなければ、もっと激しく母に暴力を振るっていたかもしれない。

「そやかて……冬香が……冬香がしつこう聞いてくるから……」

目から涙をポロポロ零す母の姿があった。

もしかすると、母は生まれてこの方、人に殴られたのはあの時が初めてだったのだろうか。

「黙れ」

父が聞いたことのない低い声で、そう言っても母は泣き続けていた。

「うちが悪いのん？　あんたやあの人かて……」

「黙れって言うとるやろ」

そこで母はやっと沈黙した。父の声に脅えたのだろう。

ああ、これは、聞いてはいけないことだったのだ。

冬香は子供ながらに、それだけは、わかった。

自分は母の子ではあるけれど、父の子ではないのだということも。

従業員や娘たちに声を荒らげたことのない、優しい父の怒りの籠った低い声は今でも忘れられない。

父はいつも母に優しく存在そのものを受け入れているとあの時までは思っていた。父は母を愛して甘やかしているのだと。

あの声には、怒りだけではなくて憎しみも混じっていたような気がした。父という男の中の決して表には出さない修羅を知ってしまったけれど、それで父を嫌いになることなどない。むしろ血のつながらない自分のために父が怒ってくれたことが嬉しかった。

母はまるで自分が被害者であるかのように泣いて言い訳をしようとしていたが、子供心にも、その子供のような姿は白々しく見えて、逆に父が哀れであった。

こんな子供のような女のわがままで産み落とされた血のつながっていない子供を育てる父が気の毒で、母が憎らしかった。

それから母は、冬香と距離を置くようになり、逆に父が常に冬香のことを気にかけてくれるようになった。

父が特別自分に目をかけてくれたのは、実の子ではないからこそだということもわかっていた。

中学校に入ってから、一度だけ、父とその時の話をしたことがある。

「私のホンマのお父さんて、誰なん」

と、勇気を出して聞いてみたのだ。

「いつかはな、話すつもりやったけど、あんな形で知ることはないわな。あいつが、あほなんや。許したってくれ」

許すも許さないもない、ただ、父は誰か教えて欲しいのだと強く問うた。

「冬香の父親は、京都にはおらんし、今何をしてるかもわからん。このことを知ってるのは、お父さんとその男と、四季子だけや。姉ちゃんたちは知らんことやから、黙っといてくれ。四季子が、一度だけ、他の男を好きになったんや。それで冬香が生まれた。それだけの話や。冬香も大人になったらわかるやろうけど、そうやって道を踏み外してしまうことが人間はあるんや」

冬香はそれ以上、聞こうとはしなかった。踏み込んでしまうと、父を傷つけるような気がしたのだ。

それに自分の本当の父親を知ることが怖くもあった。人の妻を孕ませて責任をとらない男など、きっとろくでもない屑な男のような気がしてならない。実際にその男と会って失望することが恐ろしかった。そんな父親と遭遇して、それでも私は私だから誇りを持って生きていける自信がない。

親がどんな人間かということは、子供にとって重要なことだ。嫌いなろくでもない親を持ったならば、その血が自分に流れていることを呪ってしまうだろう。

姉たちは知らない。自分という人間の中に、得体の知れないものの血が流れている不気味さを。

血のつながらない不貞の子供を育てている父に同情した。

だから私はこの家を、出よう――そう心に決めていた。

私は半分しか、この家の娘ではないのだ。だからこの家も、父も頼りにしてはならないのだと、強く思った。

そして迂闊で愚かで、父を苦しめた母を嫌いになった。

姉たちは仲の良い家の夫婦から生まれた、この世に存在することを許される人たちだけど、自分だけは違う。

もし父があんなに寛容ではなかったら、生まれてこなかったかもしれない自分とは。

母が自分の本当の父を愛していたのかどうかは、わからない。はっきりしているのは、自分の存在が父を傷つけ母に罪悪感を背負わせ、世間が羨望混じりの眼差しで眺めている「賀茂の家」の価値や評判を貶めるということだ。

当時、まだ「賀茂の家」が高級料亭として財界人や有名人の口からその名を賞賛されていたあの頃に、「賀茂の家」の女が夫以外の男の子供を産んだなんてことが世間に知られていたら、さぞかし非難や好奇の目を向けられたことだろう。

多分、私は、生まれてきたことが間違っている、存在してはいけない——そんな想いに苦しめられたことは何度もある。

私は私を好きになれるわけがない。だって、私は母がいけないことをして生み出され、この家族にお情けでいさせてもらっている居候みたいなものなんだもの。

だから、なのだろうか。ろくでもない、だらしない男と関わってしまっていたのは。

女癖の悪い、働かない、口だけ達者な男と数年間だらだらと住んでいた。

自分もそうだし、周りの駄目な男が好きな女たちを見てもわかることは、駄目な男と一緒にいるほうが楽だからそうしているのだ。駄目な男とつきあっているうちは、自分も駄目でいられる。駄目な男は甘えて頼ってきて、おまけに苦しめてくれるから充足感を味わえる。恋愛の高揚感と錯覚してしまうような刺激を与えてくれる。

ちゃんとした男に好きと言われても、自分はそれに見合うような存在ではないと腰がひけてしまう。自分ひとりだけをまっすぐに愛してくれそうな男と対峙するのが怖い。

大事にしてくれない男のほうが、自分にふさわしいと安心できるし、自分も駄目なままでいられる。駄目な男とばかりつきあう女は、ズルいのだ。

そういう恋愛ばかりを続けてきた。

冬香自身が、自分のことを「間違って生まれてきた、家族の居候」だと思って卑下しているからだということを自覚したからこそ、男と別れ、東京から戻ってきた。

京都を離れたら、環境が変われば、違う自分になれるのではと思っていた。東京で自分がとらわれている家族や京都という古い街から解放されたような気になって楽しい数年間が確かに存在したけれど、いつのまにかそこにもいられず帰ってきてしまった。

結局、居場所など、どこにもないのか。


姉たちは自分と違い、幸せなお嬢さんだ。いつまでたっても賀茂の家の、お嬢さん。

世の中には住む家も親もない人たちがたくさんいることなど、姉たちからしたら絵空事だ。東京で水商売を繰り返してきた自分は様々な世界の人と会い、話をしてきた。姉たちの想像もつかないような世界を見てきたつもりでいた。

昔ほどではないとはいえ、優雅に暮らし、当たり前にこの大きな家に存在することを許され、与えられた恩恵を疑わずにそのまま享受することができる姉たちの、知らない世界を。

何よりも自分自身が大切で、心を守ることに必死な姉たちは、きっと女であることや恋愛の苦しみなども知らない。

不倫恋愛を繰り返している春樹は、優秀で恵まれた女だからこそ、人のものばかりに惹かれて刺激を求め自分に酔っている気がしていた。

美夏は、結婚して、家族とともにこの家に住み着いて離れないどころか、いつのまにかこの家の持ち主で自分が一番偉いんだとばかりに振る舞っている。傲慢さに無自覚な姉は、きっと居場所がない自分と対極のところにいる女だ。

今、自分の隣にいるのはその姉の夫だ。

こうしてふたりで歩いていると、人から見たら、恋人同士に見られるだろうか。

冬香は時折、義兄と腕を組んでみようかという衝動にかられる。わざと、人が見ているところで。

この男は、どんな態度をとるだろうか興味があった。

「義兄さん」

「ん？」

「嫁さんの実家に住むって、窮屈じゃない？」

「全然ない。実家って言っても離れだから玄関も別だし、それに皆、そんなに干渉もしてこないし。あ、美夏はうるさいかもしれないけど。安月給だから文句言えないんだよな」

義兄はからからと笑った。

この屈託のなさも、冬香がつきあってきた今までの男にはない。きっとこの男は、あまり深く物事を考えていない。だから、あんなつまらない姉の夫でいられるのだろうかと思うと、うっすらと怒りに似た感情が湧き上がってくる。

映画を観終わり、ふたりで鴨川沿いを歩いていた。

いつもなら京阪電車に乗って帰るのだが、寒さもゆるくなっているし、せっかくいい夜だから歩こうと、冬香が誘ったのだ。

本当は、ゆっくりと伊久雄と話をしたかったのだ。

「冬香ちゃんは、ずっとあそこにいるの？」

「え？　ううん、いつかは出なくちゃと思ってる。秋ちゃんはずっといそうだけどね」

「いい人ができたら、家に連れておいで。家族に紹介して、仲良くなればいい」

冬香の胸が痛んだ。

いい人なんて、いないのに。いい人などとつきあったことは、一度もない。

くだらない男しか、自分を好きになってくれない。

「美夏がうるさいからさ、冬香ちゃんのことが心配で心配で」

「心配って……」

「冬香ちゃんには直接は言わないけど、俺にはよく君の話はしてる。無言電話の件もあるけど、ちゃんとした男と結婚して欲しいだとか、ふらふらしてないで仕事を見つけないと将来が不安だとか……東京で何かつらいことがあったから帰ってきたんだろうかとか。あいつさ、母親気取りというか……でも気負って頑張ってるのもわかってやってくれよ。お義母さんがああいう人だったから、必要以上に面倒見よくなって、自分がしっかりしなくちゃと思ってて――でも、羨ましいよ、姉妹っていいなって」

違う――その言葉の代わりに、冬香は立ち止まる。

目の前には、暗い川が流れている。鴨川だ。

京都の街を引き裂くように流れる、大きな川だ。

南総里見八犬伝を書いた滝沢馬琴は、京によきもの三つありと、この鴨川の水と神社仏閣、京都の女をあげたそうだが、果たして京都の女はそんなにいいものなのだろうか。

水商売をしている時に、男たちに「冬香ちゃんはやっぱり京都の娘だから、おとなしくて控えめで可愛らしいね」と言われたが、そんなの演じてるに決まっているではないか。

岸の向こうは三条までは賑やかに料理屋が連なっているが、少し北に上がれば、灯りは少なくなり、その分、月や星がよく見える。

「心配するってことは、私が邪魔なんよ」

「そんなことない」

「可愛くない末っ子だから、家にいられると鬱陶しいだけやねんて。私さえいいひんかったら、家族で母屋に住めるやろ。秋ちゃんを離れに引っ越させて。そしたら美夏ちゃんが、うちの家のっとれるやん」

「そんな言い方、どうしてするんだよ」

あなたがあんまりにもあの姉の愚かさを享受しているからよ――そう思ったが、言えない。

どうして男という奴らは見たまま聞いたままを疑いもせずそのまま受け取るのだろう。

美夏が本気で妹として自分のことを心配していると思っているのだろうか。

他人のことを心配したがる人間ほど、自分が一番大切なのに。

どうして単純なこの男は、人の言葉の裏を感じようとしないんだろう。

「美夏ちゃんには、わからへんねん、うちのことは。そのくせ心配してるふうに振る舞うのが、嫌やねん」

「そんなことないって。本当に冬香ちゃんのことを……」

「得体の知れん妹やって、ビビってるから、私には直接言えへんやろ。賀茂の家のお嬢さんのはずなのに、東京ではホステスしたり、働かへん男と住んだり。京都で同じことしたら、絶対に止められとったはずや。賀茂の家のお嬢さんが、そんなふしだらなって、すぐ噂になんねん、この狭い街は」

鴨川沿いの柳の樹が揺れている。頭上から車の音が聞こえているが、それでも静かだ。

ふと川のほうを見ると、闇の中にくちばしをもつ鳥がじっと水の中で立っていることに気付く。

この鴨川は、街の中を流れているのに、当たり前のように鳥がいるのだ。

長いくちばしを持つ足の細い鳥が、じっとこちらを見つめているような気がする。

冷たい川に足をつけて、何を思っているのだろう。

「俺から見たらさ、あなたたちが羨ましいんだよ。なんだかんだいって、家を愛して、家族仲良くて」

「違うねんて」

冬香はじっと正面から伊久雄を見つめる。

「私だけが、あの家とは縁が薄いねん」

「…………」

「美夏ちゃんも、勘付いてるんちゃうかな。そやからよそよそしいし、気を遣うてるんやろ。秋ちゃんと私とでは明らかに態度、違うやん。お父ちゃんもそうやった。私が自分の娘ちゃうから、私に優しかった。お姉ちゃんたちは、お父ちゃんとお母ちゃんの子供だけど、私だけは、お母ちゃんが、他の男との間につくった子供や」

「…………」

「結婚して他の男の子供をつくって……。なんで、その男と一緒にならんかったんやろな。その男のこと、そんなに好きやなかったんかな、どうやろ、わからんけど。そやったら、なんで子供をつくったんやって思わへん？　私は浮気でできた子やねん。浮気って、嫌な言葉やなぁ。浮ついてる気、やで。でもそれでも、盛りがついとったんかなんか知らんけど、お母ちゃん、あんなすました顔して、可愛いお嬢さんやって皆に言われてたくせに、男とやってたんや。そして、子供つくってたんや。うちの家は、嘘だらけの、張りぼてや。その象徴が、私という存在やから……」

「冬香ちゃん」

「なぁ、お義兄さん、美夏ちゃんは知ってるんやろ、私がお母ちゃんが浮気してできた子やってこと。美夏ちゃんは私に同情してる。同情いうのは、立場が自分のほうが絶対に上やと思うから、できることや」

「そんなことないって、冬香ちゃん」

「美夏ちゃんには、わからへんねん。春ちゃんにも、秋ちゃんにも。なんでうちがあの家を、京都を出ていったか、幸せなあの人たちには、わからんねん」

冬香は自分の怒りが美夏自身ではなくて、美夏によく似た母親に向けられていることはわかっている。

身勝手な母親に。

偽りの家に当たり前のようにいる母、その家を守ろうとする姉――。

どうしてそこまでして家を守り家に執着しないといけないのか。

どうしてあの女たちは家を出るという選択肢を持たずに安穏と与えられた環境で生きていけるのだろう。

結局、恵まれているのだ、あの女たちは――自分と違って。

どうして自分だけが、こんなふうに生まれてきてしまったのだろう。自分だって、「幸せで恵まれたお嬢さん」でいたかった。愛されて、それをそのまま受け止められるような生き方がしてみたかったのに。

伊久雄が冬香の手首を握る。

「美夏は……冬香ちゃんが思っているような悪いやつではないよ」

「誰も美夏ちゃんが悪いやつやなんて言うてへんやん。いい人やで、わかってるわ。善人で、いつも家族のためを思って家族を守って正しくまっすぐに生きてきた人や。そやから他人のことに対して鈍感やねんなぁ。正しさを疑わへん人は、他人を傷つけるんや」

冬香は自分の手首を握っている伊久雄の手を振りほどかない。熱が伝わってくるのが心地よくて、次から次へと言葉が溢れてくる。

「冬香ちゃんの言うとおりだ。美夏は正しくて善人で、鈍感だ」

「ああいう人は、存在するだけで、いろんな人を傷つけんねん。美夏ちゃん自身が悪くないってのも、わかってんねんけどな」

姉のように、ひとりの男と結婚して子供を産み家と家族を守る——そんな生き方が自分にはできるとは思えなかった。

「家族とか家って、何やろうなぁ。持ってて当然みたいに世間では思われてるけど、あれば人を不自由にする。もし私がお父ちゃんだけやなくて、お母ちゃんとも血がつながってへん、ほんまのよその子やったら、私はとっくに家とは縁を切って、何にもとらわれない人生を送れたんかもしれへんて考えるんよ。私は中途半端やわ。半分だけの家族。そやから、家に戻ってきてしもた。甘えてしもた」

「もう、いいから」

「家を出て、東京に行けば、自分の居場所が見つかると思ってた。でも、結局、たくさんのしょうもない男たちと関わって自分をすり減らして疲れただけやった。そやから京都に戻ってきた。私の家やないけど、居心地が、いいねん。悔しいけど。それに、お父ちゃんがいたから、帰ってきた。自分の子供じゃない私を育ててくれた、お父ちゃんが。ずっとお母ちゃんのわがままにつきあわされてきた、お父ちゃんが。私の存在も、そや。お母ちゃんが好き勝手した結果や、お父ちゃんはそれを背負わされて、気の毒やった。私の気持ちは、お姉ちゃんたちには、わからへん。わかるはずもないから、心配とかされたら、鬱陶しいだけやねん」

伊久雄の手が、冬香の頭を撫でる。子供をあやすように。

ああ、これは……父が、よくしてくれた仕草だ。

父は今、どこにいるのだろう。

父が出ていった時に、捨てられたのかと思うと、寂しくてたまらなかった。

母が死んだ時は、自分でも申し訳ないぐらい、悲しみが薄かったのに。

父だけが、あの家で自分を必要としていてくれたのに。

父にまで、見放されたなんて、考えたくない。

自分が家を出ないのは、父の帰りを待っているのだと、今、気づいた。

「美夏ちゃんは、幸せな人や」

「なんで」

「お母ちゃんそっくりで、子供の頃から可愛い可愛い言われて、大人になっても苦労もせず、伊久雄さんみたいなええ人見つけて、子供を産んで、家に居座って」

「それは、違うよ」

「何が、違うん。私は美夏ちゃんが当たり前に持ってるものを、何ひとつ、持ってないねん」

「冬香ちゃん――」

自分の頭を撫でる男の手が懐かしく温かい。

冬だから、なおさらのこと、久しく触れてない男のぬくもりが嬉しい。

こんなことをされたのは、いつぶりだろう。

関わった男たちは、してくれなかった。身体を求め甘えてはこられたけれど、誰ひとりとして自分の孤独に気づいてくれる男などいなかったではないか。

愛して、そして私を許してと、ずっと叫び続けていたのに誰も気付いてくれなかった。

ふと、冬香はこの義理の兄が姉とどんなふうに寝ているのかと考える。

自分が住んでいる家と同じ敷地にある離れで、子供たちと一緒の家で、この男は姉とセックスをしているのだろうか。

子供の頃から母によく似て、お人形さんのように可愛いと言われ続けた姉の美夏を、どうやって抱いているのだろうか。

美人だが色気に乏しい美夏はきっと、ほとんど男は知らないだろう。それでも男を悦ばせたりできるのだろうか。姉は自分から男を欲しがり悦びを与えることを知っているのだろうか。

いいや、きっと姉は知らない。求めなくてもたくさんのものを持っている女は、自分から欲する必要なんてないもの。

春樹は外で働き、それなりに恋愛も男の数もこなしているはずだ。社会的には優等生だが、恋愛では問題ばかりを起こす春樹のことを冬香は憎めない。自分では長女でしっかりしなければ、きちんとしなければと思っているのだが、その反動からか不倫ばかりをしてきた春樹のバランスの悪さはどこか自分とも似ているような気がする。

秋乃のことは、よくわからない。男っ気がないと美夏も春樹も言うし、冬香もそうではないかと見ているが、じゃあだからと言って何か他に夢中になっているものもなさそうだし、何が楽しくて生きているのだろうかと常々思うしいらつきもする。

秋乃はおそらく、一番、母と似ているのだ。外見だけではなく中身も。マイペースで自分の世界があり、その世界以外に触れようともしない。守られてお城で生きるお姫様。他人にも関心を持たないから、優劣も感じてはいないだろう。

何食わぬ顔をして、「京都のお嬢さん」として生きている姉たちは、男とどんなふうに寝るのだろうか。

家族を守り、いい妻であり、いい母であり、誰よりも「賀茂の家」の娘として堂々とあの家にふさわしいと言わんばかりにふるまっている美夏は、この男とどんなふうに寝ているのだろうか。

知りたい。知って、壊したい。姉の持っているものを。

壊してしまえばいい、何もかも。

姉が一番大事にしているものを。

「伊久雄さん」

媚を瞳に宿らせ、唇を震わせ、伊久雄を見つめる。

この感情が、怒りなのか欲情なのか、わからない。

けれど、確かなのは、姉の持っているものを壊したい、そのことだけだ。

決して冬香の手に入らないものを当たり前に掌中にしている、美夏のものを。

「寂しいんよ」

この言葉が、どれだけ男を惹きつけるか、それも東京で学んだことだ。

けれど、今は、本音だった。

幸せな姉の夫を困らせてみたいという凶暴な気持ちと、こみ上げる孤独を、媚態に込める。

「冬香ちゃん」

冬香は伊久雄の手をぎゅっと握る。

「寒いわ、京都の冬はほんまに寒い。東京に行って、わかったわ。この街の寒さと冷たさが。寒ぅてたまらんから、今だけでいいから、私を抱きしめて、お願い」

抱きしめてくれるだけでいい、今だけ——。

ドラマのような使い古された台詞だと思いつつも、その言葉を口にしながら、伊久雄の唇に自分の唇を重ねると、伊久雄が冬香に覆いかぶさるように身体を包み込んでくれた。

ああ、やはり男の身体は温かい羽布団のように、優しい。

「少しだけでいい、ふたりきりになりたい」

「……わかった。あったかいところに、行こう」

伊久雄は冬香の手を握り、繁華街のほうに引き返した。


今まで、何人の男と寝たのか、思い出せない。

ただ、確かなことは、姉妹の中で一番自分が、多くの男と寝ているであろうことだ。東京では男に誘われ寝ることが楽しくもあった。寝るということは、男が自分に勃起するということで、求められているという確かな実感を抱くことができる。

たとえそれが、瞬間にすぎなくてもそれでよかった。

ずっと寂しかった。

父の子ではないと、「賀茂の家」のお嬢さんではないと、姉たちとは半分しか血がつながっていないと知った、あの日から。母の身勝手な恋愛から産み落とされた娘だと知った時から。

こうして、久々に、男と肌を合わすと、自分の寂しさを思い出す。

京都に戻り、唯一話をして気負うことなく楽しめる相手だった――義理の兄と。

恵まれて幸福で、そして鈍感な――姉の夫と。

この男のことを好きだから寝たいのか、姉に対して優越感を得たいから寝たいのかわからないから、それを知るために、誘ったのだ。

冬香は三条木屋町のラブホテルのベッドで自分の上になっている姉の夫の姿を眺めていた。

今まで自分が知っている男たちよりその手順がぎこちなく思えるのは、戸惑っているからなのか、女を知らないからなのだろうか。

けれど、その不器用さも、肌に嬉しい。

慣れたように扱われるより、大事にされていると思うことができるではないか。

伊久雄は何も言葉を発することなく、冬香の身体を撫で、口をつける。激しさはないけれど、じわじわと悦びを与えてくれる。

姉の夫の身体は好きな匂いがする。煙草を吸わない男は、その男そのものの匂いを漂わせている。煙にごまかされていない体臭を味わったのも久しぶりのことだ。

こうして裸になり、肌を合わせながらも、伊久雄の迷いや躊躇いが伝わってくる。それでも義妹の寂しさを埋めようと、露わになる全ての肌に口をつけ、毛穴から寂しさを埋めるまじないを唱えてくれているような気がする。

「冬香ちゃん……入れるよ」

「うん……」

さきほどから、伊久雄の男のものが弾けそうなほど硬くなっていることには気付いていた。

「欲しい」

男の躊躇いを吹き消すために、その言葉を口にする。

大きく息を吸った男が、冬香の中に入ってきた。久しぶりの営みに、軽い痛みが走る。

けれど悦びがそれにまさり、大きく声をあげてしまった。

男を悦ばす媚態ではない、声を。

「冬香の中……すごくいい……」

名前を呼び捨てにされたことが嬉しい。

男が腰を動かすたびに、突かれる感触がある。

目の前の男に自分から顔をあげ、唇をよせる。

どちらからともなく差し入れられた舌がからみ合う。

「泣いてるの？」

伊久雄が腰の動きを止める。

「もしかして、痛い？」

「違うよ」

冬香は笑顔をつくる。

「気持ちよくて、泣いてる」

「それならよかった。本当に、気持ちいい？」

「最高」

「俺、セックスは好きだけど下手なんだよ。冬香ちゃんみたいな経験豊富な娘は物足りないって思うんじゃないかと気にしてて」

「そんなことないって、嘘じゃない、本当に、いい。だからもっと――」

冬香は下から自分自身で突き上げるように腰を動かす。時折、男のものを締め付けながら。

「うわ……すごい……冬香……」

「気持ちいい？」

「びっくりするぐらい、いい。女の人から、こんなふうに悦ばせてもらったの、はじめてかも」

ふと、姉の顔がよぎる。あの姉は――やはりいつも受け身なのだ。自分から何もしなくても、様々なものを得てきた姉は――。

「ねぇ、美夏ちゃんともこんなことといつもしてるの」

意地悪な質問だとわかっていても、つい口にしてしまった。

「あいつとは、ないよ」

それ以上は伊久雄も答えない。

姉とは寝てないという意味なのだろうか。

「冬香ちゃんとなら、いろんなことができそうな気がする。すごくいい」

いろんなこととはどういう意味なのか。冬香が考える隙もなく伊久雄は腰を動かしながら、指を冬香の一番感じるところにあて、円を描くように動かしはじめた。

「やぁっ！！」

大きな声が出て、身体を仰け反らせる。

「もっと感じて、もっと気持ちよくなって」

伊久雄の声が耳元で呪文のように繰り返される。

冬香の意識が薄れていく。じわじわと全身に震えが広がっていく。

「……もう……ごめんなさい……我慢できない……」

「我慢なんか、最初からしなくていいから」

その言葉と同時に冬香は両手を男の背に巻きつけ、すがりつきながら、震えた。

「ピル飲んでるから、大丈夫だから、中に出して」

冬香が小声でそう言うと、男は返事の代わりに冬香をぎゅっと抱きしめるように身体を密着させた。

「ぁあっ！」

男の生温かい液体を胎内に感じると同時に、冬香の脳裏に母の顔が浮かんだ。

壊したい――何もかも――母の生まれ育ったあの家も、自分自身も――。

久々の男の体温を受け止めながら、冬香は両手を伸ばし、義兄の尻をつかみ男の身体の感触を手のひらで確かめた。


「これぐらいの寒さやったら、身体動かして散歩してあったまって、ちょうどいい感じやね」

三条河原を歩きながら、冬香がつぶやく。

ホテルを出て、まどろむ暇もなく、どちらともなく帰り支度をした。

本当はもっと抱き合っていたかった。久しぶりの男の肌は想像していたよりも心地よい。けれど帰らねばならないのか、姉たちが待っている、あの家に。

「京都に来たらさ、ここにカップルが夏にずらっと座っててびっくりした」

「一番のデートスポットやねん、ここが」

「って言うかさ、ここって昔は首が晒されたり処刑されたりって場所だったのを知ってるから、よくやるなーって。俺は怖くて無理だな」

「そういうの、信じるほうなん」

「霊感なんてないけど、なんとなく怖い」

ふっと冬香は笑いがこみあげてくる。

「あ、笑ったな」

「ごめん、なんか、可愛いやんって」

この三条大橋のたもとは、東海道の終着点で、昔から人が集まるところだった故に、時の権力者にはむかう者たちの首が晒されたのだと、伊久雄は言った。

「じゃあ、義兄さんは、ここで、デートとかしたことないの」

「ないな。モテなかったんだよ。学生時代も彼女いなかったし」

「え、そうなん？」

「興味津々だったけど、奥手で。モテる容貌でもないし、劣等感もあったし、そのくせアダルトビデオとかエロ本とかは好きで、余計にそれが女の子たちにバレて気持ち悪がられてた。アダルトビデオというか、映像が、昔から好きでね。映画オタクなんだよ。学生時代、自主映画撮ってて――それでやっと人とつながれた、というか。でも、才能も勇気もないから、普通に就職したけどね」

「じゃあ、女の人とはじめてつきあったのは」

「好きな人はずっといたんだよ。学生時代から、自主映画仲間でね。告白もできずにそのまま卒業して――。ずっとその人を引きずりながら、社会人になってから友達の紹介で、一度つきあったけど半年で別れて――恋愛ってめんどうだな。もう恋愛よりも結婚したいなってお見合いして。言い方が悪いな。結婚ってゴールが見える恋愛しかしたくないって思って、そして美夏を紹介してもらった」

「そうなんや……」

「つまんない男で、ごめん」

「そんなことない」

さきほども歩いた河原を北に向かって歩きながら話す。

水の流れる音が、夜が深くなるにつれ大きくなっているような気がする。

「美夏ちゃんと初めて会った時、どう思ったん？　ひとめぼれなん？」

「うーん、可愛いなってびっくりはした。どうしてこんな人がお見合いなんかするんだろうって正直思った。さぞかしモテるだろうにって。でも紹介してくれた人に言わせると、ずっと女子校、女子大育ちのお嬢さんだし、本人も遊ぶよりも結婚を望んでる。きちんとした結婚ならば、紹介で身元のはっきりした人のほうがいい、親を安心させたいんだって。それなら俺よりも、もっといい家柄の収入もある男がいくらでもいるだろうって思ったんだけど、いい家に嫁に行って苦労するよりは、平和で穏やかな家庭を作りたいって言われたよ。まあ、俺が無難で、モテそうもないし浮気できる甲斐性もない、ってことなんだろうな」

美夏らしい、と冬香は思った。

春樹のこともあるのではないか。長女の春樹は優秀だったが若い頃から恋愛に関しては妻ある男と関わっては揉めていたので、美夏は反面教師にしていたのではないだろうか。

「でも、ひとめぼれじゃないよ。あんまりまともに恋愛経験がなかったから舞い上がりはしてたけど……。結局、美夏とは似たもの同士なんだと思う。俺は美夏とは逆に家族と縁が薄くて寂しい想いを散々したから自分は仲の良いきちんとした家族を作ろうと思ってた。育ちは正反対だけど、お互い目的は同じだったんだ。だからそのまま結婚したんだろうな」

家族に縁が薄い――。

自分はどうなのだろうか。家族はいるけれど、本当の家族じゃない、自分は。

「もちろん、好きだから結婚したんだよ。というか、結婚するから好きになったのかもしれない、ふたりとも。そういう恋愛も世の中にはあるんだよ、結婚ありきの恋愛が」

「結婚て、なんなん？」

冬香はすかさず問いかける。

「人それぞれだけど、俺と美夏にとっては家族を作ること。恋愛と結婚は別って人もたくさんいるから、本当に人によって違うと思う。秋乃ちゃんみたいに、結婚に興味がなさそうな人もいるし、それはそれでいいんじゃないかな」

自分たちの両親はどうだったのだろうかと考えると、「家を守るため」だとしか浮かばない。けれど、それほどまでにして守るべきものなのだろうか、家なんてものは。

ただの殻にすぎないではないか。

家族だってそうだ。そんなに大事なもので、守るべき、作るべきものなのだろうか。

家族なんてものは殻ですらない。形のない、ただの血のつながりに名づけられたものにすぎないではないか。家族であるからこその悲劇というのは存在する。

例えば父だって母だって、家や家族の犠牲者なのかもしれない。もしかしたら、母は冬香の実の父親と一緒になりたかったけれど、家のためにあきらめたのかもしれないではないか。

どうせ死んだら、何も残らないのに。そんなものにこだわっているほうが愚かなのではないか。

時間を見ようと、冬香が鞄の中から携帯電話を取り出すと、受信メール、十件と表示される。

「私な、東京で、一緒に住んでた男がおってん。どうしようもないやつでな。うんざりしたから別れてこっちに帰ってきたんだけど。ずっと会ってないのに、まだメールしてくるねん、毎日」

「よりを戻そうって？」

「うん。鬱陶しい。なんで、こんなにしつこいんか、わからへん」

「毎日、よこすんだ、メール」

「そやねん。私みたいな女には、こんなしょうもないやつしか、好きやって言うてくれる男が、おらんねん。ええ年して、ろくに働かへんし女にもだらしないやつやったわ。だから私が会社勤めしながら夜はたまに水商売したりせなあかんかった」

「そんなことないって」

「なんで、こんなしつこいんやろ。暇なんかな、よっぽど他の女に相手にされへんのかな」

「なんでって、答えはひとつでしょ。冬香ちゃんのことを、よっぽど好きで、忘れられないんだよ。冬香ちゃんには、それだけの価値があるってことでしょ」

冬香は立ち止まり、伊久雄の顔を見つめる。

男の向こうには、鴨川ともうほとんど光を失った背の低い家並みが見える。

「違うんや。お義兄さんが慰めてくれるのはありがたいんやけど、もしほんまに私のこと好きで忘れられずによりを戻したいんやったら、こんな嫌がらせみたいなメールや手紙や無言電話やなくて、きちんと心を入れ替えて就職して、私が貸した金も返して、京都に会いに来てくれたらいいねん。でも、それはしぃひん。噂では、働らかへんのも女にだらしないのも相変わらずみたいや。あいつは私に東京に戻ってきて、都合よい存在にしたいだけやねん。そういう男しか、私を必要としてくれへんねん。世話してくれて、やらしてくれる女にすぎひん。でも、いつも、私はそういう求められ方ばっかりやった」

冬香は、男と別れを決意した一番の記憶を蘇らせていた。

お金にも、性的にも、だらしない者同士、一緒にいるとダメなままでいられたから楽だった。

その結果、冬香は妊娠した。

甘かったのだ。大丈夫だろうと考えていた。

もしやと思い妊娠検査薬を買って調べると陽性だった。

その時に冬香がまず考えたことは、このどうしようもない自分の世界が何か変わるきっかけが与えられたんじゃないかということだ。

結婚とか、自分が母になることは、今までは無理な現実味のないことだと思っていた。だらしない男と女が、家庭なんて作れるわけがないと。

けれど一瞬、期待してたのだ。

男に妊娠を告げると、男が喜んで「心を入れ替える。きちんと働いて他の女とも手を切るから、結婚しよう」と言ってくれることを。

なんで、あんな夢を一瞬なりとも見てしまったのだろう。そんな展開になるはずがないのに。けれど子供を産むと何か変わる、ここから抜け出せるのではないかと前向きな希望を抱いてしまったのだ。

現実は真反対の展開だった。

冬香は婦人科で妊娠を告げられた。家に戻ると男が寝ていたので、起こして報告をした。

あの時の、男の表情は未だに忘れられない。

人間はあんなに露骨に迷惑だという感情を表すことができるのだ。

「うっそぉ、まじぃ？」

男は最初にそう口にした。

普段なら、その幼い軽薄な言葉は気にはならない。

けれど、恋人が妊娠したと告げた返事として、ふさわしい言葉であろうはずがない。

冬香は後悔した。何もかも。

避妊をきちんとしていなかったことも、この男に告げたことも、この男と出会って一緒に住んだことも、東京に夢を抱いて来たことも。

「俺、金ないよ」

次に男が口にした言葉の意味が一瞬、理解できなかった。

堕胎することが男の中では当たり前なのだということも、冬香の気持ちなど何も考えてくれないということも、わかるまでには少し時間がかかって言葉が見つからなかった。

冬香の沈黙に、男はさすがに申し訳ないと感じたのだろうか。

「ごめん」

とだけ謝って、肩を抱こうとした。

それを払いのけることができない自分に、心底うんざりした。

婦人科でベッドの上に横たわり手術を待ちながら、冬香はずっと母のことを考えていた。

母は夫以外の男の子供を妊娠して、どうして産んだのだろうか。

その男のことが好きだったのだろうか、そもそも何故、妊娠したのか。

子供ができていいぐらいに男を好きだったのだろうか、男の子供を自ら欲したのだろうか、それとも自分のようにただ単に迂闊なだけだったのだろうか——それでも、何故、産んだのだろう。

自分だって、たとえ男が産むなと言っても、ひとりで産んで育てるという選択肢はあったはずだ。実際にそうしている知り合いだっているし、今の世の中シングルマザーなんて珍しいことでもない。

けれど、そんなことはできないし、しようとも思わなかった。自分が子供を産むことも、あの男と一緒になることも。

あの、嫌いだったはずの、馬鹿なお嬢さんだと見下していたはずの母よりも、はるかに自分のほうが覚悟も勇気もないじゃないか。

母に負けたような気がした。あの家にも。

けれど、もう東京にはいられないと、あの時わかったのだ。

疲れてしまった。

実態のないものと、戦い続けることが。

男と別れて、東京を離れよう。そうなれば、結局自分の帰るところは、あの家しかない。

下鴨の家に帰り、母が死ぬまで傍にいた。

死を前にして衰え脅える母の姿を見たかったのだ。

けれど、母は病魔に侵され痩せてはいったけれど、変わらなかった。

母は母のままで、死ぬ直前まで着物を身に着け自分を飾り、愛らしいもの、好きなものを傍に置き、自分を見守る父や娘たちの今後のことなどを特に気にかける様子もなかった。

この人は、「死」を恐れていないのか、それともわかっていないのだろうか。

あるいは恐れぬふりをしているのか。

本当は、どうして夫以外の男と寝て自分をつくったのか、その男のことを愛していたのか、どうして産むことを決めたのか――母に聞きたいことはたくさんあったのに、何ひとつ聞けなかったのは、母が変わらなすぎたからだ。

死に脅える様子もない母を、怖いと思った。

もしもここで自分が、どうして他の男との間に私をつくったのだと泣いて責めても、母は何のことかわからぬというふうに、子猫のように愛らしく首をかしげて「冬香ちゃん、なんで泣いてんの？」と言うだけではないかと考えると、恐ろしかった。

結局何も聞けないまま、ある日突然容体が悪化し、母は逝った。

いきなりのことだったので、病院には誰もおらず、誰に手を握ってもらうことも見守られることもなく、母はひとりでこの世から去った。

通夜でも告別式でも、冬香は涙をこぼさなかった。


鴨川の上流には薄暗い山の稜線が見える。

この大きな川がやがてふたつに別れ、その狭間にある糺の森の傍に、帰る家がある。

生まれ育って、一旦離れたけど結局戻ってきてしまったあの家が。

「伊久雄さん」

もう、お義兄さんなんて、呼びたくはなかった。

「ん？」

「いろいろ、愚痴ってしまってごめんな。甘えてしもた」

「いいよ、俺でよければ吐き出したらいい」

冬香は手を伸ばし、伊久雄の指にからませる。

「いいの？」

「うん、いいよ」

「優しいね」

「誰にでもってわけじゃない。冬香ちゃんがいい子だからだよ」

伊久雄の指が冬香の指に応えるように動き、手をつないだ。

父も、自分のことを「冬香はいい子」だと繰り返し言っていた。

けれど、「いい子」だと言われても嬉しくはない。

いい子だと男たちが自分を称すのは、そうあることを願っているからだ。暗示のようなものだ。おとなしく、平穏に、自分が今あるものを享受して他人に迷惑をかけずに生きていくがいいと。

いい子だと、男たちに言われているうちは、自分は苦しいままではないのか、とらわれたままではないのか。

あんなに出たかった京都という街や、この家に、誰よりもとらわれて「いい子」でいるのは、自分自身なのだ。

「いい子じゃないよ」

「冬香ちゃんは、自分を卑下しすぎ、悪く言いすぎ。いい子だよ、冬香ちゃんもだけど、あの家の娘さんたちは、みんな、ね」

冬香はふと凶暴な衝動にかられて、立ち止まり、伊久雄にしがみついた。

「甘えていいって、言ったから、甘えるで」

冬香の言葉に伊久雄は答えず、黙って背中に手をまわしてきた。

「ねぇ、伊久雄さん」

「ん？」

「よかった、私？」

姉と比べてどうだったのか聞いてやろうかと思ったが、さすがにそこまでは口にできない。

「最高だった。気持ちよくて、冬香ちゃんがすごく可愛くて。もっといやらしいことをしたくなった。冬香ちゃんとなら、いろんなことができそうだ」

冬香は伊久雄の言葉に優越感をくすぐられた。いやしくあさましい優越感だとはわかっていても、姉の夫が自分を賞賛することが嬉しかった。

いろんなことができそう――その言葉の意味は、どうとも解釈できるが、これからも男が自分を求めてくるのだという意思表示なのだろう。

この男が私を抱いたのは、妻の妹が弱って寂しそうにしていたからという同情にすぎないけれど、自分だって同じだ。敵わない存在の姉が大事に守っている家族のパーツだから、この男と寝たのだ。

わずかながらの寂しさを埋め、優越感を得るために。

愛じゃない、恋じゃない、そんなことはわかっている。

けれど――。

あの家は、本当に私の居場所ではなく、姉たちの家なのだろうか。自分がそう思い込んでいるだけで——間違いなく、自分も母の子に変わりはないのに。

私は確かに「いい子」だった。「いい子」だから、自分のものではないあの家を出ようと、雪岡の家と離れようとしていたのだ。

でも、それは違うんじゃないのか。

私は母の子だ、まぎれもなく。だからあの家を、私のものにすることだって、許されるのではないか。

「いい子」になりすぎていた。自分があの家を離れることは、姉たちに何もかも譲ることで、どうしてそんなにいい子になる必要があるのか。

私は私を閉じ込めていた。

父だ、父が私を「冬香はいい子だ」と暗示をかけていたのだ。

だから私は父に気を遣って生活費を稼ぎ、家を離れて——違う、それは違う、間違っている。

私が引くことなどなかったのだ、姉たちや家のために。

父がいないあの家では、私たち姉妹は公平ではないか。どうして美夏ばかりがあの家でわが物顔できるのだ。

「伊久雄さん」

「ん？」

「簡単に男と寝る女やって思ってる？　自分を安売りする女やって」

「思ってないよ」

「伊久雄さんやから、寝たんやで。東京ではいろんな男と寝たけど、京都に帰ってからはそういうのやめたから」

「思ってないって」

冬香は精一杯の媚態をこめて身体をよじらせ、伊久雄に顔を近づける。

どこか気にはなっているのだ。たやすく男と寝る女は、軽く安く見られてしまうのではないかと。けれど、目の前の誠実そうな男はそうではないと信じたい。

たとえ妻の妹の誘いに乗り言われるがままに胎内に射精するような男であっても、自分に注がれるまなざしが、今までのような蔑しみではなく、欲情にさげすみを含んださんざん身に覚えのあるものであるような気がしても、そこに思いやりのようなものを見出したかった。

「私、今は好きな人としか、こういうことしいひんで」

「俺も――」

伊久雄は近づけられた冬香の口を吸う。

奪ってしまえばいい。その瞬間、どこからかそんな声が聞こえてきた。

壊してしまおうと思ったから、この男と寝たのではないのか。一瞬だけかすめとって「いい子」に戻ってしまえば、何も変わらないのだと。

姉が大事に守っているものを、壊して、二度と戻らなくしてしまい、自分のものにすれば、あの家が私の居場所になるのかもしれない――。

あんたたちの都合のいい、「いい子」になんかなってやるものか。

冬香は、姉の夫の唇の狭間に、自分の舌を差し入れながら、今までになく愉快な気分になっていた。

第五章　四季子

波がえぐるように削られた岸壁にぶち当たり、花火のように波しぶきを散らす。

男はガラス越しにその光景を見ていた。今日は雪が降っていないだけましだと、駅から乗った送迎バスの赤ら顔の初老の運転手は言っていた。

この地域は雪深いことでも知られているが、年々降雪量は減っていると運転手は言葉を続けた。けれど寒さは厳しくなっているとも。

京都駅から一日に四本しかない特急電車に二時間ほど揺られて、たどり着いた終点の駅から男は送迎バスに乗り海沿いにあるホテルへと向かった。

同じ国の海沿いでも日本海と太平洋ではこんなにも景色が違うのが昔から不思議ではあった。男が東京に住んでいた若い頃には、神奈川の海岸にはよく遊びに出かけたが、若者が多く暖かく人が多い陽気な海だった。

けれどどの県に行っても、日本海は冷たく孤独を感じさせる。それは人を拒むような頑ななほど深く碧い海の色のせいか、自然に抗うような波の厳しさがそう思わせるのだろうか。

京都というと、皆、あの狭い山に囲まれた寺社仏閣の多い一部の地域のことを語りたがるが、ここだって京都なのだ。

まるで違う国のような光景だ。

たとえばあの京都の女たちはここで暮らせるだろうかと考えるが、どうも想像がつかない。

送迎のマイクロバスのガラス窓が曇る。まだまだ冬なのだ。

二月がもうすぐ終わり、京都の街では北野天満宮などで梅の花が咲きほころんでいるだろう。京都の人間は花が好きで、季節の花が咲くたびに何かしら理由をつけ外に出たがる。

冬が終わり、桜が咲き乱れる頃には、あの娘たちは昔のように揃って花見に出かけるのだろうか。

ホテルに着いてチェックインを済ませ部屋に荷物を置くと、男は休む間もなくロビーに向かった。

約束の時間にはまだ十分ほどあるが、待ち合わせの相手は既に来ていた。

「お久しぶりです、どうも」

男は深く頭を下げる。

「こちらこそ、わざわざこんなところまで来ていただいて、すみません」

「いえ、普段あまり外出しないのですが、いい機会だから温泉で一泊して身体を休ませようかと思いましたので、ちょうどよかったです」

「そう言っていただけると、ありがたいです」

先に来ていた背の低い、前髪が薄くなっている男はラウンジを指し示す。

ふたりはホテルのラウンジの窓側のソファーに腰かけた。小柄な男はソファーに深く沈んでしまう。

全面がガラス窓の向こうには、波がうねる日本海が雄大に広がり、水平線が行く手を阻むように続いている。

珈琲を頼んで、男は煙草を取り出した。

「あ、すみません。煙草吸われないんですか」

「若い頃にやめたんですが、いいですよ。慣れてますから、どうぞ」

「それじゃ遠慮なく」

煙を大きく吸い込んで呼吸を整える。

目の前の男が何のために自分を呼んだのかわからず、少しばかり不安を抱えてきているが、それを表情に出さないためにも煙草が必要だった。

「珍しいですね、こうして灰皿が置いてあるのは。どこもかしこも禁煙で息が詰まる」

「田舎はまだね、自由に吸える場所が多いですよ。京都は街中でも吸えなくなりましたね」

ふたりの前に白地に金のふちの陶器に入った珈琲が運ばれてきた。

「雪岡さんは、こちらで働かれてるんですか」

「このホテルを運営している観光協会で働かせてもらっています。掃除もしますし、観光客の案内もしますし、何でも屋みたいなもんですね」

雪岡と呼ばれた小柄な髪の薄い男は、覚えのある穏やかな笑みを浮かべながら答える。

かつて、京都の街だけならず名前を轟かせた料亭の社長だった男が、まさかこんな海辺の田舎街でそんなことをしているとは——。風見は一瞬憐憫の情を抱きかけたが、目の前の男の安らかな表情に、自分の浅い考えを恥じた。

きっと、あの家よりもここにいるほうが、この男にとっては幸福なのではないか——そう思わずにはいられない笑顔に打ちのめされそうになる。

「娘さんたちのことは……」

風見はおそるおそると言った具合に口を開く。

「娘さんたちには全く会っておられないんですよね」

「葉書をたまに送っています。居場所は書いてない絵葉書です。念のために携帯電話は持っているんですけれど、普段は電源を切っていますから、話もしていません」

目の前の男に聞きたいことは、たくさんあった。

けれどそれは自分が聞くべきことではないことばかりだ。

風見のところに一枚の葉書が来たのは三ヶ月前のことだ。雪岡四姉妹の父親で、家を出ていった男から、会って話をしたいと記してあった。

なんで今さらと戸惑いが先にきた。

若い頃に、自分の父親が「賀茂の家」の料理長だったから、娘たちの相手をするためにと何度か遊びに行ったこともある。けれど京都を出て東京で数年間を過ごし、再び京都に戻ってからも、接点はなかった。

この男の妻の四季子の葬儀の席で、ちらりと姿を見かけたぐらいだ。

あの時は、挨拶もしなかった。できなかった。

遺影に使われた四季子の写真が昔と変わらないままで、罪悪感で胸がつまり表情に冷静さを装うだけで必死だった。

自分がここで涙を見せるのは、あまりにも偽善的だと戒めて、他人事のような顔をすることで精一杯だった。

迷ったが、風見は雪岡に会うことに決め、冬の終わりにこの日本海沿いの温泉宿に訪れた。

「みんな元気そうにしています」

風見がそう言っても、雪岡は答えない。

目の前の男の内面が計り知れなくて、風見はもう一本煙草を取り出した。

こんな時に、窓際の席というのは間が持つからありがたい。

煙を吸い込みながら、散らばる波の花火を眺めていた。

「もう、三十年ほど前になるのですね」

雪岡も風見のほうを見ず、窓の外を眺めながら口を開く。

「四季子が、あなたの子供を産んでから」

風見は答えることができない。その話をされる予想はついていはいたが、何で今さらという気はある。

風見はあの頃、大学生だった。

「賀茂の家」が一番忙しかった時期で、雪岡は連日帰宅が深夜になり休みもなかった。四季子の両親は亡くなっていたし、四季子ひとりで三人の娘の面倒を見るのは確かに大変なことではあった。かといって、わざわざ人を雇うほどのことでもない。

父親を通じて、アルバイト代を払うからと長女の春樹の勉強を見るという名目で子供たちの相手をするように頼まれたのだ。

そうやって何度か出入りするようになり、風見は四季子に惹かれていった。年上のはずなのに、無邪気で愛らしくて幼女のように思えた。

けれどその無邪気さを汚してやりたくもなったのは、使用人の息子であるという立場のせいだろうか。

四季子がたやすく自分に身をゆだねたのは、寂しかったのだろう。夫は仕事で忙しく、自分はひたすら家に閉じこもり子育てに追われて、人恋しかったのに違いない。

放っておかれることが、四季子は何よりも嫌な女だった。寂しがり屋というのとは、少し違う。周りの人間が自分を愛することは、四季子にとって当たり前のことだった。

本来なら一番、傍にいなければいけないはずの夫にかまってもらえなかったので、たやすく風見と一線を踏み越えたのだ。

あの頃は、自分も若かった。

四季子が初めての女というわけではなかったが、あんなに思いつめて身体を求めたのは、あれが最初で最後なのかもしれない。

今思うと、四季子という京都という街の名家の令嬢で人妻、人形のような愛らしい容姿の女に若さ故の怒りやエネルギーを肉の欲望という形で求めていた。

風見は早くに母を亡くし、男手ひとつで育てられたが、父は忙しく、いつも寂しい思いをしていた。

父は仕事はできる男であったがギャンブルが趣味で散財していたせいで、家は裕福ではなかった。酒も毎日のように飲み、愚痴を息子に吐き散らし、うんざりしていた。

そのせいだろうか自分は若い頃、ひどく鬱屈したものを抱えていた気がする。

だからこそ、四季子という女の恵まれた育ち故の天真爛漫さや輝きに惹かれもしたし、それを汚しもしたかったのだ。

「冬香とは、会ったりされてるんですか」

「いいえ、春樹ちゃんや秋乃ちゃんは時折お店に立ち寄ってくれはするんですが、冬香ちゃんは、おそらく何も知らないだろうし……」

「一度だけ、冬香に自分の実の父を教えてくれと言われたことがあったんです。けれど私は、知ってどうなるんだと少しだけしか話さなかった。あの娘もそれ以上、強くは聞かなかった。お互い、怖かったと思うんですよ。私は家族が壊れてしまうことが、冬香は自分自身の存在が揺らぐことが。だから、おそらく、あの娘は何も知らないままだ。可哀想に、四季子が口を滑らせなければ、自分だけが姉妹の中で半分だけしか血がつながってないことも知らずに済んだのに、四季子が——あれは、迂闊で正直な女でしたから。冬香が幼い頃、罪悪感からなのか四季子なりに可愛がろうとしている様子もありました。けれど冬香は聡明な子だから、それも全て逆効果になり、あの子は寂しい思いをしていたと想います」

風見は葬儀の席で見かけた冬香の姿を思い出した。

その顔から、自分の面影をつい探してしまったことも。

けれど正直、自分の娘だという感覚は薄いのだ。一緒に暮らしたこともないし、幼い頃も知らないのだから。いいや、それ以前に、そもそも自分は情が薄いのかもしれない。ふたりの別れた妻に、「冷たい」と言い放たれたことを思い出す。

あの「賀茂の家」で四季子と恋をして肌を重ね合ったことすらも、夢だったような気がする。

あれから自分は京都を離れ、東京に逃げた。東京からまた他の地に流れもした。

何度か恋愛し、職も替え、数年前に京都に舞い戻ってきた。

結婚を二度して、二度別れて、今は老いた父親とふたりで暮らしている。

冬香が京都を離れ東京に住んでいたことを聞いて、親子で同じことをしていると思った。

自分をがんじがらめにするものが京都にあるから逃げはしたけれど、また戻ってこざるをえなかったのだ、冬香も自分も。

「いい子たちです、四人とも、きちんと育って。私はかまってやることはできなかったし、四季子もあんなだったけれど、立派に大人になりました」

そうだろうかと風見は頷くことができずに曖昧に笑った。

美夏と冬香については詳しくは知らないけれど、春樹も秋乃も年の割にはどこかふらふらしているような気がする。

あの娘たちは皆、それぞれ何かにとらわれ不自由そうにしているように風見には見えた。

だいいち、大人なのに家が好きすぎるのではないか。当たり前のように家から離れない。

けれど京都という街に生まれ育った女には、そういうものが多いのも承知はしていた。家から離れない、京都から出ない、今いるところから動きたがらない女たちが。

京都という場所は、そこに生まれ育ったものにとってはこんな居心地のいいところはないのだ。

守られ、羨望の眼差しを受け、変化のない街で変わらぬまま生きていける。

東京に住んで思ったことは、京都の人間の東京に対する劣等感の希薄さだった。それは風見自身もそうだったのだが、他の地方の人間と比べて京都の人間の「京都人である」ということの自信は文化の中心であり首都でもある東京に対して、当たり前のように下に見ていることがある。

けれど、変わらない、変化しないということは、いいことばかりではない。

自分自身が変わらなくても、自分をとりまく状況は必ず変化するのだから。

「何故、四季子から逃げたのですか、風見さん」

今までと口調を変えることなく、雪岡がそう言った。

何を今さらとは思うけれど、自分は答えなければいけないのだ。そのためにここにやってきたのだから。

「――僕は四季子さんに夢中になりました。子供だったんで、何も考えず、ただ目の前にいる美しい人を必死で求めました。その結果、彼女は冬香を身籠ってしまい――。僕は困惑しましたけれど、彼女は産みたいと言い張って聞かなかった。止めたのに、夫であるあなたにも正直に話してしまった。驚いたのは、だからといって彼女はあなたと別れ娘さんたちと離れるとか、家を捨てるとか、そんなつもりもなかったことです。そして僕と離れる気もなかった。あの家で、皆で一緒に暮らせたらいい――そんなことまで言い出すから、僕は怖くなったんです」

思っていた以上に、言葉はためらいなく自分の口から流れ出てきた。

四季子が怖かった。

あの家で、夫と娘と風見と一緒に暮らしたいなどと本気で考えていた四季子が。

そんなことできるわけがない、第一、周りの気持ちはどうするのだと腹立たしかった。他の男と寝た妻と、そこでできた子供と暮らす夫も、そんな針の筵《むしろ》のようなところで自分が生活をすることも考えられなかったし、第一、「賀茂の家」で世話になっている父親がこのことを知ったらどうするのか。

四季子には、周りの人間の心がわからないのか。

風見は、四季子が得体のしれない化け物のようにも思えてきて、脅えた。

それまでは、どこかふわふわと存在して、そのくせ寝るときは全身で風見の若い欲望を躊躇うことなく受け止めてくれて、もろそうでいて強固で、優しげに見えて冷たくて、甘えてくると思ったら次の瞬間は突き放していたり――その正体のつかみどころのなさが魅力的だと思っていたのに。

四季子という女が、自分の手に負えるものではないことを知ると、一瞬にして憧れが恐怖に変わった。

「あの時、一度だけあなたと話しましたね、雪岡さん。四季子さんも交えて三人で、膝を突き合わせて。今、美夏ちゃん一家が住んでいる離れの居間でした。四季子さんは、子供を産むと言い張り、驚いたことにあなたもそれを受け入れた。あなたは四季子が望むなら自分が家を出ていくからとおっしゃって――僕は自分はなんてたいそうなことをしでかしてしまったんだと、震えてずっと無言でうつむいていました。あなたが四季子さんと別れてあの家から出ていき、僕が四季子さんと結婚するなんて、考えられなかった。僕は家族なんて引き受ける気はなかった。あの大きな家も、『賀茂の家』も僕には重荷以外のなんでもない。でもだからといって、四季子さん自身も僕と別れたくないけれど、家や家族を捨てる気もないんです。むちゃくちゃで、つきあっていられないと思って、京都を離れました」

父親には何も知られずに済んだ。

けれど本当は京都に残って料理の道へ進んで欲しかったのだとこぼされもしたし、せっかく入った大学を辞めたことで怒られ数年は疎遠になっていた。

今のように父親とふたりで暮らすことを決めたのは、二度目の離婚をした直後に父が一度、大きな手術をして心身ともに弱っていたからだ。

罪滅ぼしのつもりだった。父親だけではなく、自分が捨てた人や街に対しての。

「四季子さんにとって、僕はやっぱり自分の家の雇い人の息子なんですよ。思いどおりになると思っていたんでしょうね」

「いや、四季子は自分の望みをそのまま口にしただけなんですよ。そんな侮蔑の感情があったとは、私は思いません」

雪岡はそう言って、窓の外に視線を戻す。

「四季子が可哀想でした。あなたに捨てられて……まさかあなたが自分のもとから黙って去ってゆくなんて思いもよらなかったでしょう」

この男は何を言っているのだろうかと風見は鼻白む。

もしそれが寝取られ男の本音ならば、あまりにも人が好すぎるではないか。嘘くさい。

「けれど、私が悪いのですよ。四季子がずっと寂しくてたまらなかったのはわかっていました」

「でも、仕事が忙しいのは仕方がないことでは」

「いいえ、結婚した時からなんです。私が四季子のことを愛していなかったことに、彼女は気づいていました」

風見は、息を呑む。

妻を愛していない――そんな言葉を発するような非情な男だったのか。

仲の良い夫婦だと、誰もが思っていたではないか。

妻のことを愛しているからこそ、妻の不義の子供も我が子のように育てたのではないのか、この男は。

「私はもともとね、四季子の姉の香代子さんと仕事上のつきあいがあり、彼女に憧れていました。明るくて男っぽくて豪快で、とても気遣いのできる人で、私にはないものを持っていました。その香代子さんの妹だというから、会ってみたのです。そうしたら正反対のおとなしい人でした。けれどとても可愛らしくて、私の親はいい縁談だとすすめてきましたし、周りも『賀茂の家』のお嬢さんとなんて逆玉の輿だと勝手に盛り上がり、今さら逃げられませんでした。それでもあの時代のことですから、お互い流れに逆らうことなく結婚して、私は婿に入りました。結婚したら自然に妻を愛せるだろうと信じていました。私は流されて生きてきた人間で、四季子もそうでした。熱い情熱のようなものはなかったかもしれないけれど、それなりに仲良く、とにかく平穏に家を守ろうとして生きてきました。けれど、私は四季子を愛せませんでした」

男はすっかり珈琲を飲みほしてしまっている。

「四季子は安全な自分を守ってくれるお城で生きてきて、永遠にそこにいられると思っていました。恵まれた環境と美貌でまわりも褒めそやしてくれる。四季子は幸せな女でした。全て満たされていました、欠損を持たない人間は他人を必要としないから、愛さないのです。だから男としての私のことなど欲さないのです。四季子にとって私は自分の城である家を守るための道具のような存在だというのは言いすぎでしょうか。そんな女を愛せるほど私もおめでたくはない。私も若い頃は、それなりに遊びましたよ。社長職ですから、つきあいの遊びもあります。けれど私なりに必死に生きてきたのです。『賀茂の家』を、守ろうと。そして四季子が一番大事なもの、つまりはあの家のために身を削って働き続けてきたのですから。四季子のことを愛してはいないけれど、家族は愛していたのですよ、私は」

風見は四季子の遺影を思い出していた。

あの、穏やかな笑顔を、かつて気が狂いそうなほど身体を貪った女を。

「でも、満たされていると思っていたのは、私の思い込みにすぎなかったことを、あなたとの一件で思い知りました。本当はどれだけ寂しかったのかということを私は理解していなかった。女ごころがわからなすぎたのです。あなたのことを知り、驚きましたけれど、初めて自分の妻をひとりの人間として、女として私は見たのかもしれません。四季子が望むなら、私が家を出ていい、あるいは私がとどまったままであなたに来てもらってもいいと思っていた。けれど、あなたは逃げてしまい、また元どおりの生活がはじまりました。あれからは私は四季子が寂しがらないように——父親のように彼女を守ろうとしました。私なりに、家族として彼女を愛そうとしていたのですよ——でも——」

雪岡が着ている白いワイシャツの袖口にアイロンがかけられていることに風見は気づいた。

男のひとり暮らしにしては、きちんとしている。もともとが几帳面なのだろうか。

「女の人は、それじゃあ満たされないんですよね。せめて四季子が何か仕事や趣味を持ってもっと広い世界を持っていた女ならばよかったのかもしれないけれど、四季子の親が温室で大事に大事に育てていたのでそこだけでしか生きられない女になってしまった。親が子供のことを本当に思うのなら、何もかも与えて守ってやるのではなくて、ひとりになった時に生きていけるような強さを教え身につけさせるべきなんです。でも、時代もあるんでしょう。まさか四季子の親も四季子自身も、世の中がこんなに変わるなんて思ってもみなかったでしょう。『賀茂の家』をまさか手放す日が来るなんて――それは、私の責任だから、何を言う権利もありませんが」

窓の外の波のうねりが一層と激しくなってきたようだ。

水音も大きくなり、今にもこのガラス窓を打ち破って自分たちを呑み込んでしまいそうな勢いに風見はうっすらと恐れすら感じた。

「家は、重いです。家だけじゃない、京都という街も同じだ。名が知れた家のものなら、とくに窮屈になる街です。あなたが逃げたのも、わかるのです。大学生だったあなたが、あの家を継ぐとか、四季子と娘たちの面倒を見るなんて、到底不可能だったでしょう。だから、あなたは四季子から逃げて正解なんです。でも、四季子はあなたのことを好きだったから、可哀想だった」

風見の目の前の灰皿には少しばかりしか口をつけていない吸殻が溜まってきた。

四季子には、さよならと告げることもしなかった。

雪岡宛てに、「申し訳ございません。僕が全て悪いので、身を引きます。二度とお目にかかることはありませんと、四季子さんにもお伝えください」という手紙を渡して、それきりだった。

身を引くという言葉を使いながらも、自分で自分の卑怯さに反吐《へど》が出そうになった。ただ、怖かったから逃げただけなのに、あたかも相手のことを思ったかのようなふりをする自分の弱さがひたすら悲しかった。

若かったから、生まれてくる子供のことなど考えもしなかった。考えたくはなかった。養育費を請求されても払えないなどと現実的な問題が浮かぶと、ただ厭わしかった。

その罰だろうか、二度結婚したけれど、子供ができなかった。妻たちにも「あなたは冷たい」と同じことを言われ、去られてしまった。

だからと言って今さら、冬香の前に「父親だ」と名乗り出るなんてことはできない。春樹や秋乃とだって、本当は親しくするべきではないのだろうけれど、店をやっているから訪れを拒むことはできないし、四季子の面影を残したあの娘たちのことがどうしても気になってしまう。ただ、彼女たちの口から聞く冬香が、元気で幸せになってくれるならいいぐらいのことは思っていた。

けれど、雪岡の言うように四季子が風見のことを果たして好きだったどうかは疑問が残る。抱き合っている時は四季子の飢餓感をひしひしと肌で感じていて、それを恋だと思っていたこともある。

けれど果たしてそうだったのだろうか。

四季子にとって自分は親や夫の代わりに抱きしめてくれる一瞬の寒さしのぎのような存在にすぎなかった。何度寝ても、四季子を自分のものにできたという達成感は一度も味わうことができなかった。それは四季子が自分のほうを見ていなかったからだ。抱けば抱くほど虚しさがこみあげてきて、だからこそ意地になって繰り返し肌を合わせたのだ。

「四季子のことを少しばかり知る人たちは、あれは自分しか愛していない他人に無関心な女だと言うんです」

「……秋乃ちゃんの口から、そんな言葉を聞いたことがあるような気がします」

うちだけちゃうで、お姉ちゃんたちもそう思ってる。お母ちゃんは、他人に関心がないねん、うちらにもな――そんなことを秋乃が言っていた。

秋乃だってそうではないかと内心思いながら、風見はその時、黙って聞いていた。

いや、秋乃だけではない。春樹も――あの娘たちは四季子と同じで誰も愛していない。自分を愛するために、他人を欲しているだけだ。

そんなふうに自分を守ることしかできない女は安全な所で傷つかずに生きていけるかもしれないが、果たして幸福なのだろうか。人を愛さない女たちは。

「四季子は可哀想な女だ」

風見は雪岡が妻のことを「可哀想」という言葉を繰り返し使うことが、不愉快だった。

哀れに想うという感情そのものが、相手のことを自分より下に見ているのだ。

この男がどこまでそれを自覚しているのかわからないけれど。

誰もが雪岡のことは「いい人」だと言っていた。家族思いで仕事をきちんとして真面目で堅実で激昂することもなく、穏やかな「いい人」だと。

けれど「いい人」の正体はこれなのだ。

人を内心で見下すことにより、誰にでも優しくできる。

けれどそれもこの男があの家で、京都という街で生きていくために身につけた処世術なのかもしれない。

よそから来て、あの料亭の主人に納まり様々な京都の人間たちとつきあいながら商売を続けるのには他人にはうかがい知れない壮絶な苦労があっただろう。

京都の人間がどれだけ自分たちの世界を大切にしているかは他の土地に住んだこともある自分だからこそよくわかる。大切にしているからこそよそものに厳しくなってしまうことも。

家族を守り、老舗料亭の主人として気を抜くことなく生きていくために、この男は自分なりに生きる術を身につけたのだろうし、それは正しいことだ。

自分のように、住処を転々として逃げ続けてきた人間が、同じ場所で必死に生きている人間を揶揄する資格などない。

人は自分がいる世界で生きていくために変わらなければいけないのだから。

そして、あの家から離れない娘たちは、いつまでもそれができないままでいる。

人間には、居場所なんて本当はないのだ。風見自身もあちこちを彷徨い、様々な仕事をして、何人かの女と巡り合ったけれど——世界は変わるし、人も変わる。ずっと安心していられる居場所なんて、誰だってないのだ。

　あの娘たちは、それを知らない。

　風見はふと、明治維新で天皇が京都を離れた時に、京都の人たちが必死に抵抗の声をあげたという話を思い出した。世の中が変わろうが、天子様は京都にいて、自分たちがこの国の中心であると信じきっていたからだ。

　四季子もあの娘たちもそうだ。ずっと自分たちはあの家で生きていける、外に出ても帰ってこられると信じきっている。だから四季子は離婚もせず、風見と一緒にあの家で暮らすなんて馬鹿なことを考えたのだ。

「私、あの家を売ろうと思っているんです」

　まるで風見の心を読んでいたかのように、ふいに雪岡がそう言った。

　風見は驚いて顔をあげ目の前の男の表情を探る。

　雪岡は温厚な顔を崩さない。ひどく残酷な決意を口にしているはずなのに。

「あの家は、よくない。あの家がある限り、あの娘たちは変わらないままで年をとっていく、四季子のように。いつまでたっても、あの娘たちは『賀茂の家』の娘のままで、自分の人生を生きていくことができない――なんて、これは後付けです。現実問題として、これからあの家の維持は難しくなります。税金のこともですし、古い日本家屋だからところどころガタも来ています。美夏も秋乃も冬香もたいした収入はありませんし、春樹は自分のしでかした不始末で夫の前の家庭への金銭的な負担やらで貯えはそう持てない。あの娘たちはどこまで危機感があるのかしれませんけれど、この国の景気はこれからどんどん悪くなると考えたほうがいいでしょう。家があるから、あの娘たちは甘えていられるんですが、もうそろそろ、自分たちの足で生きていくことも考えたほうがいい。なんて——さっき、私は四季子の親は四季子に全て与えて甘やかすような育て方をするべきじゃなかったと言いましたが、本当は私も同じなのです。仕事が忙しかったということが言い訳になるかどうかわかりませんが、子供たちの将来をもっとちゃんと考えて、社会に送り出すことを前提に育ててやるべきだった。本当は、『賀茂の家』を手放した時に、あの家を売るべきだったんです。どう考えたって、分不相応なのですから。それなのに子供たち可愛さと、四季子が寂しがると思って、ずるずるここまで来てしまいました」

風見は四季子の面影を思い出していた。

四季子みたいにならないように——そう、この男は唱えるが、それは四季子は不幸だったと言いたいのだろうか。それはやはり、あまりにも傲慢な気がする。

好きだった女と娘を捨てて逃げた自分は、四季子のことを幸福なまま死んでいったと思いたかった。

けれどそれだって風見の身勝手な願いにすぎないのだ。

四季子を愛さなかった男と、捨てた男が、何を言っても無責任で卑怯な言葉になってしまう。

幸せであったかどうかは、誰もわからない。

四季子自身だって、きっとわかっていなかっただろう。

そんなことを考えることなく日々を生きていくのが一番いいと知っていたから、そう生きてきた。

「娘さんたちには、話されたのですか」

「いえ、まだです。桜が咲いたら、一度帰るつもりでいます。平安神宮の桜を観に——。平安神宮と『賀茂の家』ができた年が同じで、我が家では家族で神苑の枝垂れ桜を見に行くのが恒例になっていましたから。その時に、話をするつもりでいます。反対されることも承知していますけれど、決めました」

風見はさきほどから気になっていたことを、口にした。

「雪岡さん、あなたは、今おひとりで暮らしていらっしゃるんですか」

雪岡の表情がふと崩れ、困惑の笑みが浮かんだ。

「いいえ、ふたりで暮らしています」

「女性、ですね」

「ええ」

「その女性と一緒になりたいから、あなたは家を捨てようとしているのではないですか。妻と暮らした家の存在が足枷になるから、身辺を整理して、雪岡の家とも京都という街とも縁を切ろうと。そういう魂胆ではないのですか」

魂胆という言葉を使ったのは、我ながら正直すぎると風見は思ったが、この温厚な顔の下の本心を見せたがらないこの男にはきつい言葉のほうがいいのだ。

よそから来た男だった雪岡という男は、風見から見て、まさに「京都の人間」そのものだった。本心を覆い隠しながら、現実を鋭く見据えて、時には怜悧な言葉を発するこの男は、「賀茂の家」で生きることにより、見事に「京都の人間」になったのだ。

けれど雪岡を責めることはできない。京都を、家を捨てて別の場所で新しい生活をはじめようと、過去を捨てようとしたのは、自分も、そして自分の娘である冬香も同じだ。

この男に新たにはじめたい生活があるなら、それでいい。

長い間、あの家に一番とらわれてきたのは、他でもない、目の前の男なのだから。

「賀茂の家」と、四季子と、娘たちに。

「そうですね。そのとおりですよ。それは娘たちには正直に話すつもりでした。非難されるでしょうね、でも、私も残り少ない人生を自分のために生きたいのですよ。重い荷物を捨てて、好きに生きたい。私がそうすることにより、あの娘たちも自由に生きていけばいい。世の中にはしんどいことと同じぐらいに楽しいことがたくさんあるのだから、外の世界に出て、それを知ればいい。突き放すことが親としてできる最後のことだと思っています」

雪岡は大きく、息を吐いた。

窓の外を見ると、いつのまにか雪が舞っていた。

柔らかな雪が波しぶきに巻き込まれていく。

「一緒に暮らしているのは――四季子の姉の、香代子です」

雪岡の言葉に、風見は言葉を失う。

「香代子も五年前に夫を亡くし、息子の嫁との折り合いが悪くて家を出てひとりで暮らしていました。香代子と暮らしはじめたのは、ごくごく最近のことです」

そうだ、この京都の日本海側、北の地域にはあの娘たちの伯母が住んでいたのだということを風見は思い出した。結婚してしばらくは京都で働いていたけれど、伯母の夫が実家の旅館を継ぐために日本海の傍に帰ったのだと。

両親は言葉が出ない四季子にかかりきりになり、それに反発し早くに家を出て結婚した姉の香代子は、家を捨てた負い目があるのだと聞いてもいた。

「香代子は香代子なりに責任を感じていました。自分が勝手なことをして家を出たから、全て四季子と、婿に来た私が背負うはめになったのだと。みんなそれぞれ、何かしら正体のないものにとらわれ続けているのですね、いくつになっても。香代子と正式に結婚する気はありませんが、これから先の人生、雪岡の家から解き放たれたもの同士ふたりで仲良くこの海沿いの街で暮らせたらいいと思っています」

そうだ、さっきこの男はもともとは四季子の姉の香代子に憧れていたと言っていたではないか。四季子が香代子と正反対の女なので、失望したのだと匂わせながら――。

「雪岡さん、あなたはもしかして、ずっと……」

風見は自分の問いを途中で止めた。

もし、そうならば、四季子が確かに可哀想だ。

「風見さん、あなたに来ていただいたのは――、あなたを責めることにより、あの家のことを少しばかり背負わす気でした。悪意でした。ほんの些細な悪意です。けど、それだけじゃない。あの娘たちをこれからもよろしくとお願いしたかったのです」

「私は、ほとんど他人です。冬香ちゃんとも話したこともないし」

「何もしてくれなくていいです、今のままで。四季子はあなたのことを好きだったし、あなたは四季子を捨てたのだから――そして私はあなたの娘をずっと育ててきたのだから、少しばかりでも娘たちのことを気にかけてくれることぐらいはできるでしょ？　あなたには私のように背負うべき家族もいないし、守る家もない、自由で優雅な身分なのですから」

雪岡の言葉は鉛のように風見の心を沈ませた。

やはりこの男は残酷だ。

若い頃のひとときの恋愛を自分に背負わせようとしている、この男は。

けれど京都に戻り、四季子の葬儀に顔を出したときから、自分は覚悟するべきだったのではないか。

「家なんて、本当はないほうがいいんだ」

雪岡が、ひとりごとのように呟いた。

「風見さん、私は家を出て日本海沿いの街を転々としていました。ずっとこの厳しい海と水平線を毎日のように眺めていました。誤って落ちようものなら、一瞬にして抗えない波に呑み込まれるであろう海の傍で過ごしていました。こんな場所にも人が生きていることを、あの京都という古くて人が多く訪れ、かつてこの国の都だったという誇りを未だに持っている街に住んでいると忘れてしまいそうになります。あの街の中だけで生きている人間は——家も、そうです。家なんて所詮、いつか朽ちる箱にすぎないのに、そこに過大な期待と意味なんて持たなくていい。人の多い街や家にいると、寂しさを忘れてしまいます。いえ、自分の寂しさに気づかずにいられる。けれど、それはいいことなのでしょうか。いつか我々は、ひとりでこの冷たい海に投げ出されるのです。間違いなく、死は誰の上にも公平に訪れるのですから。そのときに、全ての錯覚に気づき、自分自身の孤独を知るのではないでしょうか。誰かに守られ愛されているなんて、錯覚に——。この猛々しい海は、生きることの厳しさと孤独を私に思い出させてくれました。海は私という人間も生きているのだと、生きていいのだと気づかせてくれたのです。だから、私は家から逃れて、よかった」

「雪岡さん、あなたは今、お幸せですか」

風見は身を乗り出して問いかけた。

雪岡は躊躇う隙もなく、答える。

「幸せですよ、私はやっと自由になって自分の人生を生きられるようになったのですから。それに、ずっと好きだった人と一緒になって暮らしているのですから、幸せに決まっているじゃありませんか」

満面の笑みを浮かべた雪岡を見て、風見は言葉を失い、たまらず目を伏せた。

終章　紅枝垂れ

岡崎を囲んで守るように流れる疏水に、桜の花びらが身をゆだねるように流されていく。

もう、疏水沿いの桜は散りはじめているが、きっと平安神宮の枝垂れ桜は、今が盛りだろう。

雪岡の四姉妹は、風に舞う花を浴びながら疏水沿いを歩いていた。目の前には人を阻むのか迎えるのか知らねど巨大な朱塗りの大鳥居がそびえている。

高さが二十四メートルにもなるというこの大鳥居の向こうに平安神宮の應天門が見えてきた。

姉妹のうしろを歩く伊久雄は、都の春に負けぬ華やかな装いの姉妹たちの後姿を眺めていた。

毎日、家で見慣れている女たちとはいえ、こうしてよそ行きの格好をするとひと目を惹き、何やら自分までもが誇らしい。

妻である美夏もふたりの子供のいる母親とは思えず、若い娘のようだ。

「みんなで平安神宮に行くのも、久しぶりやな」

美夏が誰に言うふうでもなく口にした。

「お母さんが亡くなった年以来か。家族みんなでどっか行ったのも、あれが最後や」

春樹は今日は深い青色のワンピースを着ている。羽織った白いショールが春の風に桜の花びらと共になびいていた。

「お父さん、変わってへんかな」

秋乃が紺地で、裾に源氏香を散らした着物の裾を気にしながら、そう言った。白地に満開の桜が縫い込まれた太鼓結びの帯が目を惹く。

「変わってへんやろ、いいひんかったのはたかだか一年ぐらいなんやから」

春樹が言葉を続ける。そっけない口調だが、安心感ゆえのことだろう。

「でも、これでお父さんが帰ってきたら、またみんなで暮らせるな」

美夏が春樹の言葉に何か言いたげにしているのに伊久雄は気づいた。結婚して家を出たはずの春樹が「みんなで暮らせる」と当たり前のように言うなんて、まるで自分もあの家に普段から住んでいるかのように思えたのだろう。最近、美夏は秋乃や冬香のことよりも、春樹のことを心配している様子だ。

いや、実際に春樹が最近、下鴨の家に泊まる頻度は増えた。そして、夫のことが会話に登場することはほとんどなくなったことには伊久雄すらも気づいている。まるで独身のひとり暮らしの女のようだ。

けれどだからと言って春樹自身が悩んでいる様子もなく、むしろ以前よりも生き生きとしている。服装なども以前より若返っている——美夏は伊久雄にそう愚痴をこぼしていた。

夫と上手くいっていないのではないか。あるいは、またもやこの姉は、違う恋愛を見つけてしまったのではないか。人から指をさされる種類の――。そこまでは美夏も口に出さないが察しているのだろう。

けれど美夏はそれ以上のことは言わない。穏やかで、平和で、今ある生活を守るためには、小さなことは見逃し我慢も必要だ――そう固く信じている女だから。

先頭を春樹と美夏が歩き、そのすぐうしろに秋乃がいる。

少し離れて、冬香と、写真を撮るからと同行した伊久雄が並んで歩く。

秋乃の変化に美夏や春樹たちは気づいているだろうか。

おとなしく愛らしいのは相変わらずだが、どこか秋乃のふとした表情に艶が現れるようになったのを気づいているのは自分だけなのだろうかと考えながら、伊久雄は秋乃の後姿を眺めていた。

美夏は「秋ちゃんは男の人に興味がない」と言い続けているが、それは美夏の都合のいい思い込みなのだ。なんだかんだ心配してうるさくいいつつ、秋乃が自分の想像の範疇の存在であることを美夏は望んでいるのだから。

美夏はしっかり者ではあるが芯は姉妹の中で一番もろい。子供たちのことだってそうだ。小学生の息子がＡＶに興味を持つなんて当たり前のことが美夏にとっては想定外だったゆえに混乱し動揺していた。

美夏が冬香に気を使うのは血のつながり云々以前に、冬香が美夏の想定外のひとりの女だから怖いのだろう。美夏にとって奔放そうに見えてわかりやすい恋愛を繰り返す春樹や、おとなしく従順で男に興味がないように見せかけている秋乃は自分の子供のような存在、つまりは血のつながり故に所有物のような感覚があるのだ。親が自分の子供はこうだと思い込むのと同じような目で秋乃のことを見ている。

けれど、秋乃の静かな笑みに時折伊久雄は奥深い何かを感じることがあった。それは義母である四季子に対しても同じことを思ったことがある。

己の女の業が深いゆえに人に自分を見せぬようにしているというべきか。

秋乃は男を知っているし、少なくとも美夏よりもその深みを知っているような気がしている。自分の隣にいる冬香はもう姉たちの目を気にすることなく伊久雄にすりよってくることがある。それを美夏がどう思っているか気にはなったが、何も言いはしないだろうことをわかっている自分のずるさも自覚していた。

冬香はあれから何かふっきれて元気になったようでもあった。けれどまだ、昔の男からのメールは来るし、冬香自身も番号やアドレスを変えないし拒否もしないままで、たまに物憂げな顔で携帯を眺めているのは、未練があるのだろうかと疑ってしまう。

けれどだからと言って伊久雄の胸は痛みはしない。

自分は冬香にとって寒さしのぎの毛布のような存在にすぎないのだし、そうであってもらわないと困る。

伊久雄はこちらをちらちらと気にする美夏を哀れみの籠った目で眺めた。

妻さえ自分の欲望に応えてくれていたならば、義妹と関係するなんて危険な橋を渡ることはなかったのにと、恨めしさを込めながら。

それにしても、父はどういうつもりなのだろう――美夏は平安神宮に向かいながら、ずっとこれからのことを考えていた。姉や妹たちは、父から平安神宮の桜を見に帰ってくるから会うと書かれた葉書が来た時、素直にそれを喜んでいるように見えたが、美夏はそう単純には喜べない。

父が家を出たのは、単なる気まぐれだったのだろうか。また、以前と同じように家で暮らし、変わらぬ生活が戻ってくるのだろうか。

それはそれであまりにも勝手すぎる気がした。せめて父が不在の間、自分が必死に家を守ってきたことをわかって欲しい。そうでないと自分の頑張りが報われない。

あまりにも自分は蔑《ないがし》ろにされているのではないか――。

美夏は花を見るふりをして、うしろを振り向き、伊久雄と冬香が楽しげに話している姿を眺めてそう思った。

以前よりふたりが親密さを増したような気がするのは、気のせいだ。

「子供たちは、今日おとなしくお留守番してるんやな」

春樹が美夏にそう喋りかけてきた。

「それにしても、伊久雄さんと冬香って、あんなに仲良かったっけ」

どうして姉は、自分が見て見ぬふりをしていることを、わざわざ口に出してくるのだろうと、美夏は思いつつも、「いい妻」「いい姉」でいるために、笑顔を崩さない。

「ふたりとも趣味が合うみたいやわ。冬香も楽しそうで、何よりやなぁ」

ほんまの兄妹みたいや――その言葉を美夏は留めながらも笑顔を作る。

兄妹ではない、あれはまるで恋人同士のようだ――。そう、春樹に指摘されるのが嫌だったからだ。

けれど春樹はそれ以上、冬香と伊久雄のことを話題にしなかった。

春樹は、父と京都で再会するということは時計の針が戻るような気がしていた。夫とも金子とも相変わらずの関係が続いている。けれど、もう春樹は先のことを考えるのをやめた。壊れるなら、怖がらず、それを受け入れるしかない。男たちに捨てられても、自分には帰る家があるのだからと――。そう思うことで、ずいぶんと楽になったのだ。父がいてくれるなら、自分も「賀茂の家」の娘にいつでも戻れると。

ふたりの姉のうしろを、秋乃は楚々とついていく。

父が帰ってくる――その事実を秋乃は複雑な思いで考えていた。

今さら、という気がある。嬉しくないことはないけれど、父が帰ってくることは、せっかく外れかけた自分の足かせが元に戻るような気がしたのだ。

あれから風見の店には行っていない。

母と寝ていたのはあなたではないか――そう言い放ったあの夜から。

秋乃はちらと、ふりむいて、伊久雄と楽しげに話をする冬香の顔を見た。今日は冬香は膝上のふんわりした素材のスカートをはいて、まっすぐな足を見せつけるように剥き出しにしている。

時折、冬香の顔に風見の面影を秋乃は見ていた。そっくりというほどではないので、「疑い」を持たなければ気づくことはないだろう。けれど、伏せたときの目の形や、唇が同じだ。

けれど、それは秋乃にとってどうでもいいことであった。

それよりも、秋乃の心を占めるのは、桜が散ったあとの五月の南座公演のことだった。

風見からの忠告に心はかき乱されつつも、秋乃はあの歌舞伎役者にタクシーの中で身体を触れられた記憶を毎晩のように思い返していた。

けれどあのあとすぐに、彼は博多や東京への公演が続いて会う機会がなくなった。千鶴を通じて、「五月にまた南座に来るから、その時に会いたい」という伝言を聞いていた。

千鶴とは少し距離を置いていた。やはり風見の話はひっかかっていたのだ。

けれど、あの男が南座に帰ってきて誘いを受けると、自分は抗うことはできないこともわかっている。

それでいいのだ、流れに身を任せるしか自分はできない。そうして流れ流れて、この家を離れられるならば、それでいい。

だから父が帰ってきたことは、愉快なことではない。姉たちだけならともかく、自分を守ってくれるであろう存在が目の前にいれば、躊躇いが生じるからだ。

でも、父だって、あの男ならば喜んでくれるだろう。

誰もが賞賛し、羨むであろう、あの男ならば――。

近づく五月のことを考えると、秋乃は浮かれずにいられなかった。

「お父さんと会えるの、嬉しい？」

伊久雄が冬香に問いかけた。

「もちろん、嬉しい。でも――」

「でも、何？」

「またあの家に戻ってくる気なんかな。それはお父さんにとって、いいことなんかな。お父さんがよかったら、それでいいねんけど」

「家族が仲良く一緒にいることは、いいことなんじゃないの」

冬香は伊久雄の言葉の意味をどうとらえればいいのか迷って言葉に詰まった。

この男は、思った以上に鈍い。家族が仲良く一緒に――妻の妹と同じ敷地内で住み、外で何度か関係を重ね、また家に戻り家族のふりをする――そんなことをしておいて、どの口で言えるのだろうか。

けれど、鈍いからこそ自分はこの男と一緒にいるのが楽だし、続けていられるのだ。

たとえ一時の雨しのぎの傘のような存在ではあっても、やはり自分は男の肌が心地よくて、ないと寂しい。

さきほどより美夏がちらとこちらを気にしていることに冬香は気づいていた。

自分の大事なものが、冬香に奪われつつあることを、さすがにあの姉も少し疑いはじめたのだろうか。

けれどだからと言って、それ以上、姉が踏み込まないことも冬香は知っていた。

家を、家族を守るために見て見ぬふりをすることも——それが、美夏だ。

今はそれに甘えて、好きにさせてもらおうと思っている。男のことも、仕事のことも、もう三十歳になってしまうのだから、真剣に考えねばならぬとはわかっているけれど、まだ家に甘えさせて欲しい。

自分だって、あの雪岡家の一員なのだから。

母の血を引いているんだもの。

秋乃が言った。

「お父さん、應天門の前で待ってる言うてたなぁ」

朱塗りの大鳥居をくぐり、近代美術館、京都市美術館、府立図書館を眺めながら、魔除けの色が鮮やかな應天門と書かれた額が掲げられている門が近づく。

この門をくぐれば、平安神宮だ。

神苑には多くの人に愛されてきた紅枝垂れが今年も風にその小さな花を揺らしていることだろう。

来年も、また来年も、変わらずに花は咲く。

永遠と見まごうほどに、咲き誇り続ける都を彩る桜たちは、まるで美しく着飾った京都の女たちのようだった。

「お父さんや」

一番うしろで歩いていた冬香が、最初に父の姿を見つけた。

ここにいるぞと言わんばかりに笑顔で手を振る父に向かって女たちは早足になり、桜に守られそびえる一千年の王城の地を蘇らせた朱の神社に足を踏み入れた。

本書は書き下ろしです。原稿枚数４７８枚（４００字詰め）。

〈著者紹介〉
花房観音　2010年「花祀り」にて第1回団鬼六賞大賞を受賞しデビュー。京都を舞台にした圧倒的な官能世界が話題に。京都女子大学中退。京都市在住。映画会社、旅行会社などを経て現在バスガイドを務める。その他の著書に『寂花の雫』『萌えいづる』『女坂』『恋地獄』など。

偽りの森
2014年1月25日　第1刷発行

著　者　花房観音
発行者　見城 徹

GENTOSHA

発行所　株式会社 幻冬舎
〒151-0051 東京都渋谷区千駄ヶ谷4-9-7

電話：03(5411)6211(編集)
03(5411)6222(営業)
振替：00120-8-767643
印刷・製本所：株式会社 光邦

検印廃止

Printed in Japan
ISBN978-4-344-02517-2 C0093
幻冬舎ホームページアドレス　http://www.gentosha.co.jp/

この本に関するご意見・ご感想をメールでお寄せいただく場合は、
comment@gentosha.co.jpまで。